edition splitter
WIEN

# DIE VERLEUMDUNG

OTTO HANS RESSLER

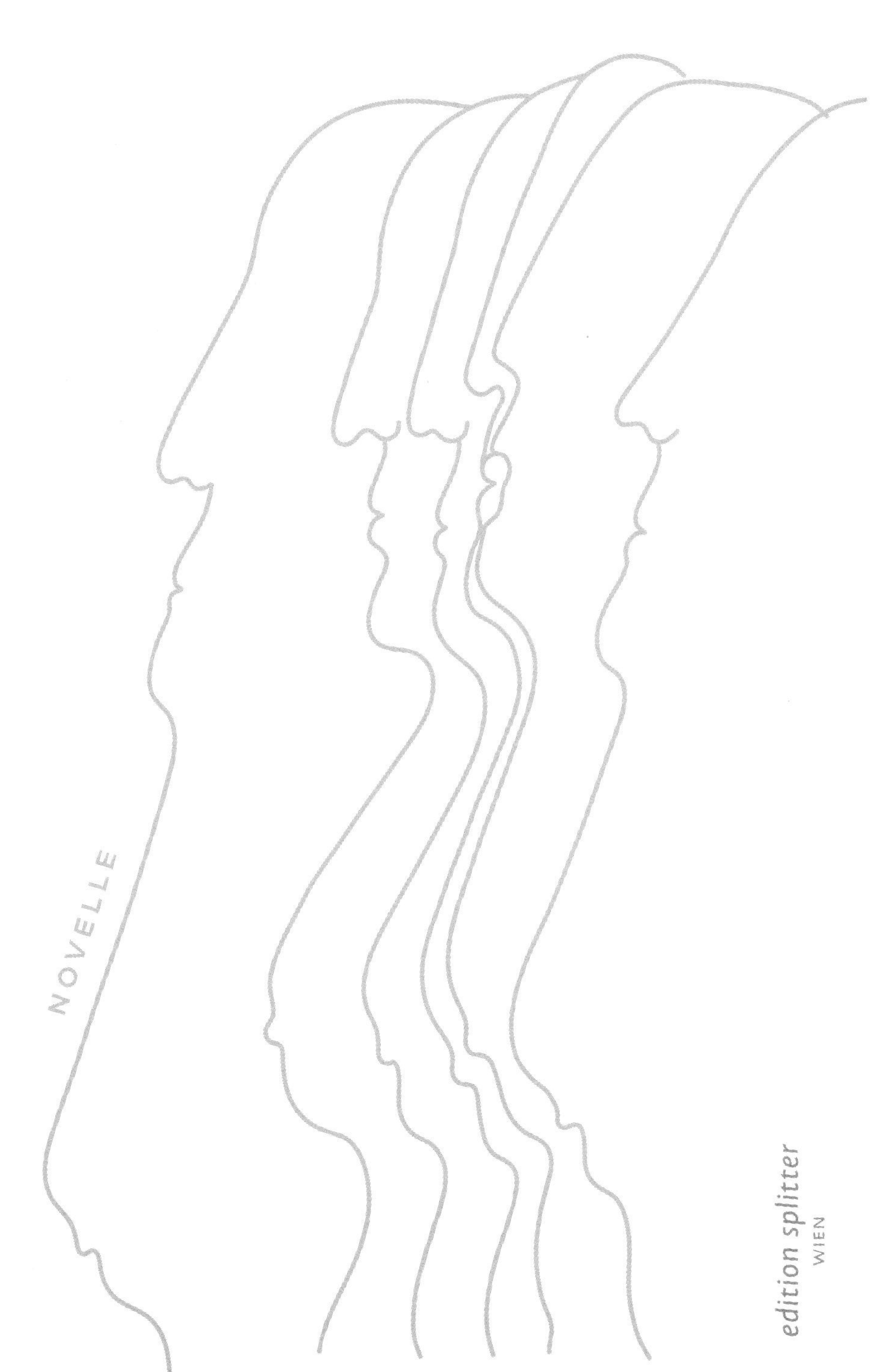

## VORWORT VON OLIVER RATHKOLB

Vorstand des Instituts für Zeitgeschichte der Universität Wien

Otto Hans Ressler hat eine höchst spannende Novelle geschrieben, wobei als historische Hintergrundfolie der fast vergessene Antisemitismus vor 1914 in der Habsburger Monarchie dient. Die Hauptfigur, der Fabrikant Baron Salomon Schön, klagt den rechtsradikalen Reichsratsabgeordneten Gerwald Holomek, Mitglied der Alldeutschen Vereinigung, auf Ehrenbeleidigung und Rufschädigung. Dabei bezieht sich Ressler sogar durch wörtliche Zitate auf die real existierende Figur Georg von Schönerers, der Ende des 19. Jahrhundert die »Alldeutsche Bewegung« gegründet hatte. Mit seinen antikatholischen und antisemitischen deutschnationalen Hetzparolen hat dieser nicht nur den Reichsrat, sondern auch die schlagenden Burschenschaften an den Universitäten der Habsburger Monarchie in Aufruhr und Gewaltexzesse versetzt. Gerade die Printmedien, die in dieser Novelle eine zentrale Rolle spielen, prägen die heftigen antisemitischen Polemiken vor dem Ersten Weltkrieg und tragen durch ständige Wiederholung die Propaganda-Lüge einer jüdischen Weltverschwörung. Wer heute diese zahlreichen antisemitischen Presseorgane liest, findet kaum mehr Unterschiede zur nationalsozialistischen Propaganda ab den 1920er Jahren. Gemeinsam mit dem Nobelpreisträger Eric Kandel habe ich 2012 an der Universität Wien ein Symposion organisiert, um auch klar zu machen, warum es wichtig und demokratiepolitisch richtig war, den Dr. Karl Lueger-Ring in Universitätsring umzubenennen. Bürgermeister Lueger, der Begründer der christlichsozialen Partei, war zwar ein erbitterter politischer Gegner der Alldeutschen und Schönerers, aber die beiden Parteien wetteiferten miteinander in dem rassistisch begründeten radikalen Antisemitismus, den nur Lueger später etwas reduzierte. Ressler hat viel zu den Ehrenbeleidigungsprozessen und politischen Auseinandersetzungen im Reichsrat gelesen und dies in sein Buch verwoben.

Ich bin Otto Hans Ressler sehr dankbar, dass er diese dunkle und, wie gesagt, gewalttätige Seite des heute so verherrlichten »Wien um 1900« wieder in Erinnerung ruft und gleichzeitig eine fesselnde Novelle entwickelt, welche die Leserinnen und Leser in den Bann ziehen wird.

Millstatt, 6. Februar 2019

## — I —

**ICH QUÄLTE MICH GERADE DURCH** ein Polizeiprotokoll, das in der umständlichen, gewundenen Sprache abgefasst war, derer sich Behörden seit jeher bedienen und die kaum noch an Deutsch erinnert. Meinem Mandanten wurde vorgeworfen, seiner Geliebten Säure ins Gesicht geschüttet zu haben. Der Beamte, der die Niederschrift verfertigt hatte, war offensichtlich überfordert gewesen, das Wesentliche der Aussage zu erfassen. Jedenfalls war ich dankbar für die Unterbrechung, als mein Sekretär den Besuch eines Barons Schön ankündigte.

Der Titel meines Besuchers hatte nicht viel zu besagen. In den Augen Augusts, der sich hingebungsvoll um die bürokratischen Abläufe in meiner Kanzlei kümmert, sind alle meine Klienten von Adel – außer sie disqualifizieren sich durch ihre Kleidung oder ihr Auftreten.

Schön war klein, zierlich gebaut und bis auf einen Schnurrbart glattrasiert. Er war etwa in meinem Alter, also ein gutes Stück jenseits der vierzig, vielleicht auch etwas älter. Trotz seiner geringen Körpergröße strahlte er eine natürliche Autorität aus. Sein Haar wurde bereits grau, mit Ausnahme des Schnurrbarts, der so schwarz war, als hätte man ihn mit Schuhcreme gewienert. Schön trug einen schwarzen Gehrock mit vorne abgeschnittenen Schößen, dazu eine dunkelgraue Hose mit dünnen Längsstreifen, eine goldgewirkte Weste über einem weißen Hemd und ein schlichtes, graues Plastron.

Den Zylinder in der Hand wartete er höflich, bis ich ihm einen Platz anbot. Wir setzten uns auf zwei Sofas, die, einander gegenüberstehend, im vorderen Teil meines Büros den obligatorischen Besprechungstisch ersetzen. Ich habe die Erfahrung gemacht, dass sich meine Klienten ihre Probleme leichter von der Seele reden, wenn sie bequem sitzen. Sie wollen zwar Abstand zu mir halten können, aber durch möglichst keinerlei Barrieren eingeengt werden.

Auf der Karte, die mir mein Sekretär gebracht hatte, stand in schlichten Goldbuchstaben *Salomon Schön, Fabricant*. Herr Schön kam, nachdem er Kaffee oder Tee abgelehnt hatte, gleich zur Sache. Er suche juristischen Beistand. Dabei griff er in seine Aktentasche, holte ein schmales Buch hervor und fragte, während er es mir reichte, ob es mir bekannt sei. Es trug den Titel »Die Juden-Schlösser. Neue Enthüllungen«. Ich erinnerte mich zwar, irgendwo schon davon gehört zu haben, wusste aber nicht mehr, in welchem Zusammenhang; also schüttelte ich den Kopf. Verfasst hatte die Schrift, wie auf dem Umschlag in großen Lettern zu lesen stand, der Reichsratsabgeordnete Gerwald Holomek.

»In diesem Pamphlet«, begann Schön, »in diesem Pamphlet, jedenfalls nenne ich es so, wird behauptet, dass meine Fabrik, die Salomon Schön & Co AG, der k.u.k. Armee untaugliche, ja, Menschenleben gefährdende Perkussionsschlösser für das Repetiergewehr Steyr-Mannlicher liefern würde.« Er schüttelte, eher irritiert als empört, den Kopf, als könne er diese Unterstellung noch immer nicht ganz glauben.

»Man macht uns nicht nur mangelnde Professionalität zum Vorwurf. Man behauptet, unsere Schlösser stellten eine Art Sabotage dar.« Er blätterte im Buch, fand schließlich die gesuchte Seite und begann zu zitieren: »Diese Verschlüsse«, las er, und dabei zitterte seine Stimme vor innerer Anspannung und Wut, »diese Verschlüsse sind nicht bloß geeignet, die k.u.k. Armee kriegsuntüchtig zu machen, weil die Gewehre beim Schießen versagen. Diese Verschlüsse gefährden durch häufige Deformierungen der Verschlüsse Leben und Gesundheit unserer Soldaten. Diese Verschlüsse sind eine Gefahr – nicht für den Feind, sondern für die Kaiserlich-Königliche Armee!«

Kommerzialrat Schön war blass geworden, so als hätte ihm das laute Aussprechen dieser Sätze erst so recht bewusst gemacht, wie ehrabschneiderisch und ungeheuerlich die Vorwürfe waren. Er verstummte und reichte mir das Buch. Ich blätterte ein wenig darin, überflog hier und da einen Satz, klappte es schließlich zu. Ich kann nicht sagen, dass ich überrascht gewesen wäre. Der Abgeordnete Holomek hatte den Ruf, nicht gerade zimperlich zu sein, wenn er glaubte, einer Verschwörung auf die Spur gekommen zu sein; und wenn man seine parlamentarischen Aktivitäten in den letzten Jahren verfolgt hatte, konnte man sich des Eindrucks nicht erwehren, als vermute er hinter jeder Ecke ein konspiratives Komplott. »Ich verstehe, was Sie meinen«, begann ich vorsichtig. »Was genau erwarten Sie, dass ich tue?«

»Nun, ich denke, das ist klar«, sagte Schön, der sich bereits anschickte, sich zu erheben. »Ich möchte, dass diese Verdächtigungen sofort aufhören! Ich möchte, dass dieses *(er suchte aufgeregt nach der passenden Bezeichnung)*, dieses *Ding* sofort verschwindet! Ich möchte meinen guten Ruf zurück!« Ich stand ebenfalls auf.

»Bitte missverstehen Sie mich nicht«, begann ich. »Dieses ... *Ding* ist bereits in Umlauf. Wir werden den Geist nicht mehr in die Flasche zurückbefördern können. Ich kann natürlich eine einstweilige Verfügung erwirken, ich kann eine Beschlagnahme verlangen. Wir können klagen. Aber das würde nur noch mehr Aufmerksamkeit hervorrufen – und genau damit würden wir Herrn Holomek in die Hände spielen. Er liebt den Skandal. Jeden Ihrer Schritte wird er als Beweis dafür bezeichnen, dass Sie etwas zu vertuschen haben.«

»Ich kann das nicht auf mir sitzen lassen!«, – bekräftigte Schön. »Meine Geschäftspartner, denen dieser Holomek die Broschüre offenbar geschickt hat, stellen bereits Fragen. Ich bin mir durchaus im Klaren, dass man auf hoher See und vor Gericht jeglicher Unwägbarkeit auf Gedeih und Verderb ausgeliefert ist. Aber ich habe keine Wahl!«

»Dann«, erwiderte ich, »werden wir klagen.« Wir verabschiedeten uns. Ich hatte Schön zugesichert, die Broschüre aufmerksam zu lesen und die rechtlichen Möglichkeiten, die zur Wiederherstellung seines guten Rufes vonnöten seien, zu erwägen. Sobald dies geschehen sei, wollten wir uns wieder treffen.

Ich kann nicht sagen, was mich bewog, zum Fenster zu gehen und hinauszuschauen. Ich entdeckte die Droschke, mit der Schön gekommen war. Aber noch ehe er aus dem Haus trat und einstieg, bemerkte ich jemanden im Halbdunkel des Wagens: eine verschleierte Frau.

Sie schien meinen Blick zu spüren, denn sie hob plötzlich den Kopf. Und obwohl ich ihre Gesichtszüge nicht erkennen konnte, war ich mir sicher, dass sie sehr schön sein musste. Die Art, wie sie saß, wie sie den Kopf drehte, wie sie die Hand auf der Tür liegen hatte, ließ auf ein hohes Selbstbewusstsein schließen; ein Selbstbewusstsein, wie es nur äußerst begehrenswerten Frauen zu eigen ist.

»Schöns Frau«, war der erste Gedanke, der mir in den Sinn kam. Aber warum sollte Schöns Frau sich verschleiern? Was hätte sie zu verbergen? Ich trat einen Schritt zurück. Es war mir unangenehm, dass sie mich entdeckt hatte; für einen Moment fühlte ich mich wie ein Voyeur. Ins Halbdunkel meines Büros zurückgezogen, kam mir plötzlich ein ganz anderer Gedanke: Ich kannte sie! Ich kannte diese Frau! Und: Sie hatte sich verschleiert, um nicht erkannt zu werden! Nicht von mir oder von wem auch immer. Aber warum? Wer war sie, dass es ihr so wichtig zu sein schien, unsichtbar zu bleiben?

Später, als ich wieder an meinem Schreibtisch saß, kamen mir Zweifel. Es konnte genauso gut die Droschke von irgendjemand anderem gewesen sein. Und selbst wenn es Schöns Wagen war, ging es mich nichts an, wer ihn begleitete.

Aber ich bekam diese Frau nicht aus dem Sinn. Ich kannte sie! Irgendetwas an ihr hatte eine Erinnerung in mir ausgelöst. Es fiel mir nur nicht ein, wo ich ihr schon einmal begegnet war. Noch lange spürte ich den Blick, den sie mir zugeworfen hatte.

## — II —

**ICH BIN ADVOKAT. ICH BERATE MENSCHEN IN** schwierigen Lebenslagen und vertrete sie vor Gericht. Ja, ich sehe meinen Lebenszweck darin, anderen zu helfen. Und ja, ich glaube an Idealismus und Ethik; aber ich bin kein Träumer. Mein Büro befindet sich in der Rosenbursenstraße, ganz in der Nähe der Hochschule und des Museums für angewandte Kunst. Es ist eine alteingesessene Kanzlei; schon mein Vater hat hier bis zu seinem Tod praktiziert. Zum Kummer meiner Frau habe ich mich auf Strafsachen spezialisiert. Zwar fürchtet sie nicht, dass das Verhalten meiner Mandanten auf mich abfärben könnte, aber sie sieht reale Gefahren im Umgang mit »diesen Menschen«, wie sie sie zu nennen pflegt. Sie befürchtet, dass sie in unser Leben einbrechen könnten; dass sie die Mauern, die sie um sich und ihre Familie errichtet hat, infiltrieren könnten.

Ich habe meiner Frau oft und oft erklärt, dass »diese Menschen« sich in vielen Fällen in nichts von unseren Nachbarn oder uns unterschieden; dass die meisten von ihnen nicht gefährlicher seien als sie oder ich. Aber sie glaubt mir nicht. Sie ist überzeugt, dass sie *anders* sein müssten, sonst hätten sie ja nicht ein Leben als Verbrecher gewählt. Dass von Wahl meist keine Rede sein konnte, weist sie zurück: »Jeder Mensch hat eine Wahl!« ist einer der Standardsätze, mit denen sie durchs Leben geht.

Meine Frau ist ein wunderbarer Mensch. Aber sie ist behütet aufgewachsen; von den Unwägbarkeiten des Daseins hat sie keine Ahnung. Sie weiß nicht, was es bedeutet, auf der Schattenseite des Lebens geboren worden zu sein. Ich hingegen habe recht schnell lernen müssen, dass ich im gläsernen Turm der Gerechtigkeit für meine Mandanten nichts erreichen kann. Wenn ich ihnen helfen will, muss ich bereit sein, hinabzusteigen in eine Welt, die von Ausbeutung, Habgier, Armut, Verzweiflung, Neid und Niedertracht beherrscht wird. Zuweilen kann ich mich des Eindrucks nicht erwehren, es sei die einzige existierende Welt. Liebe und Hass, Egoismus, entfesselte Leidenschaften, Abgestumpftheit, Fanatismus und Zerstörungssinn – alle nur denkbaren Regungen und Impulse, die in uns schlummern, können, von einem tragischen Schicksal gelenkt, vielfältiges Unglück hervorrufen. Im Lauf der Zeit bin ich mit entsetzlichen Dingen konfrontiert worden. Mit erschütternden Lebensumständen. Mit grauenvoller Not. Mit den tiefsten Abgründen menschlichen Daseins. Und doch erwartet man von mir, in erster Linie ein Diener des Rechts zu sein.

Ich habe nie aufgehört, an Gerechtigkeit zu glauben. Aber ich weiß auch, wie nahe schreiendes Unrecht lauert. Das Gesetz hat, da gebe ich mich keinen Illusionen hin, die Menschheit nicht glücklicher und die Gesellschaft nicht gerechter gemacht. Das Gesetz ist nichts anderes als die Notwendigkeit, Ordnung im Chaos zwischenmenschlicher Beziehungen herzustellen. Meine Aufgabe sehe ich darin, dieser Notwendigkeit ein wenig Menschlichkeit abzugewinnen. Mitzuhelfen, dass nicht blind und stur nach den Buchstaben des Gesetzes geurteilt wird, sondern sich manchmal, in seltenen Augenblicken, die Vernunft über das Gesetz erhebt.

Ich hatte mir vorgenommen, die kleine Broschüre, die mir Herr Schön überlassen hatte, zuhause nach dem Abendessen zu lesen. Ich wollte mir Notizen machen, herausfiltern, wo strafrechtliche Tatbestände kulminierten, wo ich den Hebel für eine Klage ansetzen konnte. Aber dieses Buch, das ganz schlicht in Schwarz gebunden war, aus dem die weißen Buchstaben wie ein kaltes Feuer hervorbrachen, übte eine unbändige Anziehung auf mich aus. Immer wieder griff ich danach, schlug wahllos eine Seite auf und las den einen oder anderen Satz.

Die von den Direktoren der Schön'schen Fabrik verschuldeten, betrügerischen Manipulationen, hieß es da, für die die Juden Salomon Schön und Oberst a.D. David Kühn (alias Cohn) verantwortlich seien, gingen auf das Betreiben der *Alliance Israelite Universelle* zurück. Die *Alliance* habe höchstes Interesse daran, dass die k.u.k. Armee im Kriegsfall vernichtend geschlagen werde. Denn die *Alliance Israelite Universelle* wolle, dass Österreich-Ungarn den nächsten Krieg verliere, damit auf den Trümmern der Monarchie die jüdische Weltherrschaft errichtet werden könne. Ich hegte keinerlei Zweifel an der Absurdität dieser Vorwürfe. Aber ich fragte mich auch, ob sie nicht doch geglaubt werden könnten. Und obwohl andere Fälle auf meinem Schreibtisch meine Aufmerksamkeit erheischten – die Defraudation eines Bankbeamten, die Spielleidenschaft eines Fleischermeisters und ein Vitriol-Attentat gegen eine junge Frau –, konnte ich mich darauf nicht mehr recht konzentrieren. Und so verließ ich alsbald meine Kanzlei und begab mich auf den Heimweg.

Meine Frau, über mein frühes Kommen erfreut, veranlasste, dass das Essen schon eine Stunde vor der üblichen Zeit aufgetragen wurde. Sehr schnell erkannte sie freilich, dass ich nicht zum Plaudern aufgelegt war. Gleich nach dem Essen zog ich mich in mein Arbeitszimmer zurück, zündete mir eine Zigarre an und begann zu lesen.

Der Abgeordnete Holomek hatte sich nicht damit begnügt, die beiden Direktoren der Fabrik zu beschuldigen. Er behauptete, die mit der Abnahme, Untersuchung und Stempelung der Schlösser betrauten k.u.k. Büchsenmacher hätten von den betrügerischen, ja, hoch- und landesverräterischen Handlungen in Schön's Fabrik volle Kenntnis. Sie schwiegen aber, weil sie große Geldsummen für ihr Schweigen erhalten hätten. Darüber hinaus seien schon bald nach dem Beginn der Fertigung drei Gewehre, allerdings mit funktionierenden Schlössern und deklariert als »Eisenteile« ins Ausland verschickt worden, um die neue Technologie fremden Mächten, namentlich Frankreich und Russland, anzubieten. Er, Holomek, zweifle nicht daran, dass, sobald sich die Militärs dieser Mächte der einwandfreien Funktionstüchtigkeit vergewissert hätten, Tausende Gewehrschlösser ordern und diese mit gefälschten Papieren geliefert erhalten würden.

Während sich also die k.u.k. Armee mit defekten, weil durch Sabotage unbrauchbar gewordenen Schlössern herumplagen müsse, gelange eine Erfindung in fremde Hände, durch die das Reich doppelt geschädigt werde. In Frankreich und Russland wisse man jedenfalls sehr genau, was bei Schön vor sich gehe, und reibe sich die Hände.

Juristisch war die ganze Sache recht einfach. Das Delikt der Ehrenbeleidigung und Kreditschädigung war umfänglich erfüllt, das Grundrecht der freien Meinungsäußerung deutlich überzogen; ja sogar die

Schädigungsabsicht sollte nachzuweisen sein, was wieder Schadenersatzansprüche zur Folge haben würde. Mir war nur noch nicht klar, was den Reichsratsabgeordneten Holomek getrieben haben könnte, sich derart zu exponieren. Denn auch ihm musste bewusst sein, dass Schön die Sache nicht auf sich beruhen lassen würde. War es denkbar, dass er seine Behauptungen beweisen konnte?

## — III —

**BEREITS AM NÄCHSTEN MORGEN SANDTE ICH** ein Schreiben an Salomon Schön, in dem ich meinen Besuch in seiner Fabrik für den darauffolgenden Tag ankündigte. Ich wollte mit eigenen Augen sehen, unter welchen Bedingungen die inkriminierten Schlösser hergestellt werden. Ich wollte mich persönlich davon überzeugen, ob die Vorwürfe Holomeks irgendeine Substanz hatten.

Es ließ sich freilich nicht leugnen, dass ich von der Fertigung von Gewehrschlössern keine Ahnung hatte. Im Gegensatz zu vielen meiner Kollegen, die sich für die Jagd begeistern, habe ich Zeit meines Lebens nie auf ein Tier geschossen – und beabsichtige es auch nicht zu tun. Aber ebenso, wie es unabdingbar ist, bei einem Verbrechen den Tatort in Augenschein zu nehmen, nicht um mit quasi übersinnlicher Klarsicht zu erkennen, was sich zugetragen hat, sondern um ein Gefühl für die Umstände und die Atmosphäre zu bekommen, wollte ich mit eigenen Augen Schöns Fabrik begutachten: die Arbeiter, die die Schlösser montieren; die Abläufe, die dazu vonnöten sind; und nicht zuletzt die Sicherheitsvorkehrungen.

Schön hatte eine Droschke zum Bahnhof von Bad Vöslau geschickt. Er selbst empfing mich am schmiedeeisernen Eingangstor seiner Fabrik und führte mich auf meine Bitte hin, noch ehe wir uns in sein Büro zurückzogen, durch die Fertigungshalle.

Die Halle war riesig. Sie war aus Stahlträgern gefertigt, wobei die Decke aus eingefassten Glasplatten bestand, was ausreichend natürliches Licht bis in die hintersten Winkel brachte. Alles war erstaunlich sauber und ordentlich. Schön war mir von Anfang an als ein sehr penibler Mensch erschienen, und in seinem Unternehmen hatte er offensichtlich durchgesetzt, dass sich auch seine Mitarbeiter an streng geregelte Abläufe hielten. Die Männer an den in Reih und Glied stehenden Arbeitstischen hämmerten, feilten, bohrten, spannten Metallteile in Schraubstöcke und wuchteten Eisenteile auf Wagen, deren Räder auf Eisenbahnschienen ruhten, die mitten durch die Halle führten. Sehr schnell erschloss sich mir, dass hier nicht nur Gewehrschlösser für die Armee gefertigt wurden, sondern viele andere Dinge mehr. Den Sinn der meisten Maschinen, die ich da vor mir sah, konnte ich nicht entschlüsseln; aber ich war gebührend beeindruckt von einem Getriebe, bei dem offenbar jedes Glied genau wusste, was zu tun war.

In Schöns eher karg eingerichtetem Büro – es ruhte wie ein Adlerhorst hoch über der lärmenden Geschäftigkeit der Fabrikshalle – gab es einen großen Eichenschreibtisch und mehrere offene Schränke mit Ordnern. Über einer Sitzgruppe hing als einziger Hinweis auf schöngeistige Interessen des Firmenchefs eine Industrieszene von Rudolf von Alt. Schön, der von hier oben einen guten Blick über die gesamten Abläufe hatte, kam, wenig überraschend, schnell zur Sache, nachdem er Tee hatte servieren lassen.

»Ich bin«, begann er, »sehr bald nach Erscheinen dieses Pamphlets zum Staatsanwalt gegangen und habe verlangt, dass es gerichtlich beschlagnahmt wird. Ich habe bewusst keinen Advokaten eingeschaltet; das war eine Sache, die mich ganz persönlich betraf.«

Er habe also, fuhr er nach einer kurzen, grüblerischen Pause fort, im Justizpalast vorgesprochen. Der Staatsanwalt, ein gewisser Drescher, habe zugesichert, er werde sich der Sache annehmen. Doch das nächste, was er, Schön, gehört habe, war nicht, dass Schritte gegen Holomek eingeleitet worden seien, sondern, ganz im Gegenteil, eine eingehende Untersuchung wegen des Verdachtes auf Hoch- und Landesverrat; offiziell natürlich gegen Unbekannt, in Wahrheit aber gegen ihn, Kommerzialrat Salomon Schön.

Auch seitens der Militärbehörde habe es Untersuchungen gegeben. Alle Verfahren seien jedoch sehr bald wieder eingestellt worden, da sich für die Behauptungen Holomeks keinerlei Anhaltspunkte hätten finden lassen. Die Militärbehörde habe die Sache damit freilich nicht auf sich beruhen lassen, sondern im Namen der mit der Kontrolle betrauten Offiziere Strafanzeige wegen verleumderischer Beleidigung erstattet. Nun sei ihm daran gelegen, dass er und der zweite Direktor der Fabrik, Oberst Kühn, sich diesem Strafantrag anschlössen. Ziel sei es, vom Gericht als Nebenkläger zugelassen zu werden. Ich versprach, mich persönlich darum zu kümmern; ich würde prozesstechnisch keinerlei Probleme sehen.

Mir war klar, dass Schön mich bereits als entlassen betrachtete. Aber ich wollte noch einer Sache auf den Grund gehen, auch wenn ich mich bezüglich der Fragwürdigkeit meines Unterfangens keiner Täuschung hingeben konnte.

»Herr Schön«, sagte ich, »ich habe dieses Pamphlet, wie Sie es durchaus treffend nennen, sehr genau gelesen. Sogar mehrmals. Mir ist aufgefallen, dass es Passagen enthält, wo blanke Wut zwischen den Zeilen hervorschimmert. Mir ist natürlich klar, welche Art Mensch dieser Holomek ist. Hass zu säen, ist sein Geschäft. Aber es gibt ein paar Passagen, da ist sein Hass, wie soll ich sagen, sehr persönlich gefärbt. Haben Sie dafür eine Erklärung?«

Schön schüttelte den Kopf. Er kenne Holomek nicht und habe nicht das geringste Bedürfnis, ihn jemals kennenzulernen. Er habe auch mit seiner Partei nichts zu schaffen. Er habe, was er als ein Glück betrachte, nie politische Unterstützung in Anspruch nehmen müssen – und wenn, hätte er sich sicher nicht an die Alldeutsche Bewegung gewendet. Während er das ausführte, sah ich mich in seinem Büro um. Ich suchte irgendeinen Hinweis auf seine Gattin; eine Fotografie auf dem Schreibtisch vielleicht; aber der Schreibtisch war völlig leer. Obwohl also abgelenkt, fiel mir auf, wie weitschweifig Schöns Antwort war; viel zu weitschweifig für einen so nüchternen Menschen wie ihn. Ich konnte mich des Gedankens nicht erwehren, als verberge Schön etwas vor mir. Aber ich hatte keine Ahnung, worum es sich dabei handeln könnte. Und während ich noch die langatmige Erklärung Schöns verarbeitete, dachte ich die ganze Zeit an die Frau in der Droschke. Natürlich hätte ich, selbst wenn es ein Foto der Gattin des Fabrikanten auf dem Schreibtisch gegeben hätte, nicht sagen können, ob es sich um jene Frau handelte, die ich von meinem Fenster aus gesehen hatte; schließlich war diese Frau verschleiert gewesen. Aber ich war irritiert. Irgendetwas stimmte nicht. Irgendetwas verschwieg mir Schön.

Ich gebe viel auf meine Intuition; sie hat mir schon oft gute Dienste geleistet. Aber warum fiel mir, während ich darüber nachdachte, weshalb die Angriffe Holomeks so persönlich waren und Schöns Erklärung so ausholend, ausgerechnet diese Frau ein? Es ließ sich nicht leugnen, dass sie mich noch immer beschäftigte. Ich hatte ihr Gesicht nicht gesehen, aber ich hatte eine Vorstellung von ihr. Ihre Kopfhaltung hatte den Anschein erweckt, als posiere sie für ein Foto. Aber während das bei den meisten Leuten gezwungen wirkt, wirkte es bei ihr ganz natürlich. Ich hatte keinen Zweifel, dass sie schön war. Attraktiv. Anziehend. Vielleicht sogar mondän. Jedenfalls keine Frau, die zu Schön und seiner biederen Nüchternheit passen wollte. Und deshalb konnte ich mir auch nicht einreden, meine Wissbegier sei rein beruflicher Natur geschuldet, so, als müsse ich möglichst viel über meinen Mandanten und sein Umfeld in Erfahrung bringen, um ihn adäquat vertreten zu können; nein, sie beruhte auf einer fast schon obszönen Neugier – einer nagenden Lust, hinter ein Geheimnis zu kommen.

Die Anträge, um sich dem Strafverfahren gegen den Abgeordneten Holomek anzuschließen, waren pure Routine und schnell formuliert. Selbst August hätte sie im Schlaf ausarbeiten können.

In der Zeit bis zur Verhandlung sah ich Schön nur selten. Immer wieder aber blitzte für Sekundenbruchteile die Erinnerung an das verschleierte Gesicht der Frau in der Droschke auf – aber ich verdrängte es jedes Mal. Ich verdrängte auch die absurde Idee, diese Frau könne im Rechtsstreit zwischen meinem Mandanten und Holomek eine Rolle spielen. Das war viel zu weit hergeholt, selbst wenn ich inzwischen überzeugt war, es sei Schöns Droschke gewesen, in der ich sie gesehen hatte – etwas, für das es keinerlei objektive Anhaltspunkte gab.

Erst als das Gericht einen Termin für die Verhandlung festsetzte, nahm ich wieder Kontakt mit meinem Mandanten auf, um ihn auf seine Aussage vorzubereiten. Seiner Frau – wenn es sich denn um seine Frau gehandelt hatte, die ich für einen flüchtigen Augenblick gesehen hatte – begegnete ich bei diesen Gelegenheiten nie.

## — IV —

**ICH WURDE 1848 GEBOREN, IM JAHR** der Revolution; im Jahr, als sich nach einem Hungerwinter die Wut der Menschen im Sturm auf das Ständehaus entlud; im Jahr, als Kaiser Ferdinand, den sie den *Gütigen* nannten, aber den *Verblödeten* meinten, die denkwürdige Frage an seinen Hofstaat richtete, ob denn die Aufständischen das überhaupt dürften; im Jahr, als Fürst Windischgrätz die Arbeiter und Studenten auf den Straßen Wiens niederkartätschte (woran der *Gütige* offenbar nichts auszusetzen hatte).

Im Jahr, als Franz Joseph den Thron bestieg – und die Revolution endete, wie alles in Wien endet: Es wird zerredet, bis nichts mehr davon übrig ist.

Wir wohnten am Laurenzerberg. ich war ein Einzelkind, und als ich noch klein war, glaubte ich, ich sei eine Waise, weil mein Vater nie da war. Später durfte ich ihn manchmal begleiten, wenn er in die Kanzlei ging, und ihm bei seiner Arbeit zusehen – vorausgesetzt, ich benahm mich *entsprechend*. Entsprechend, das bedeutete, dass ich mich mucksmäuschenstill verhalten musste, vor allem, wenn Klienten da waren. Die Klienten trugen gestreifte Hosen, Gehröcke und einfarbige Westen – genau wie er. In der Hand hielten sie, wenn sie ins Büro traten, steife, schwarze, rund geformte Hüte, die man, wie mir mein Vater erklärte, Melonen nennt. Der Name kam mir ziemlich deplatziert vor; Melonen waren Früchte mit grünen, harten Schalen, aber nicht diese komischen Kopfbedeckungen.

»Was machst du eigentlich für die Leute, die dich besuchen kommen?«, fragte ich ihn eines Tages.

Und er antwortete: »Ich berate sie, wenn sie Streit mit jemandem haben. Und ich gehe für sie vor Gericht, damit sie Recht bekommen.«

»Warum gehen sie nicht selbst zum Gericht?« Ich wusste damals bereits, wo sich das Gericht befand; mein Vater hatte es mir gezeigt, als wir einmal mit der Kutsche vorüberfuhren.

»Das können sie nicht«, antwortete mein Vater, »um vor Gericht zu gehen, benötigt man einen Advokaten.«

»Aber warum?«, wollte ich wissen.

Als ich meinen Vater zum ersten Mal ins Gericht begleiten durfte, entpuppte es sich als Enttäuschung. Der Richter und die Anwälte trugen lange, schwarze Umhänge. Sie stritten sich die ganze Zeit, und ich fragte mich, wie sie glauben konnten, einen Streit schlichten zu können, indem sie sich stritten. Meiner Meinung nach war es am besten, nach einem Streit gar nichts zu tun; am nächsten Tag würde er vielleicht schon vergessen sein, und alles wäre wieder gut.

Ich saß mucksmäuschenstill auf meinem Stuhl (das hatte mein Vater sehr eindringlich von mir verlangt); ich war überzeugt, schon die geringste Bewegung würde ein schrilles Kratzen der Stuhlbeine am Boden auslösen – und ich würde in der Ecke stehen müssen, wenn nicht Schlimmeres. Aber sosehr ich auch aufpasste, ich verstand nicht, was die Männer sagten. Ich verstand die einzelnen Wörter, aber ich begriff ihren Sinn nicht. Daraus schloss ich, dass sich die Anwälte und der Richter einer Art Geheimsprache bedienten, die niemand außer ihnen beherrschte; und dass das der Grund war, warum jemand, der Streit hatte, nicht selbst vor Gericht gehen konnte.

Als wir nach Hause fuhren, fragte mich mein Vater, wie es mir gefallen hätte. Ich antwortete: »Gut!« Ich dachte daran, mir auch so eine Geheimsprache zuzulegen, die niemand verstand außer mir.

Als mein Vater starb, besuchte ich noch das Gymnasium. Nach dem Studium zog ich in seine alte Kanzlei ein und führe seither fast das gleiche Leben, das er geführt hat. Nur meine Klienten unterscheiden sich von seinen. Zu mir kommen nicht nur wohlhabende Bürger und Adelige, sondern ebenso kleine Handwerker, Gelegenheitsarbeiter, Diebe, Einbrecher – und von Zeit zu Zeit Mörder.

Meine Mutter, die seit dem Tod meines Vaters nie etwas anderes als Schwarz getragen hat, kümmerte sich bis zu meiner Heirat um meinen Haushalt. Sie ist eine stille, leicht verhärmt wirkende Frau. Sie mischte sich nie in meine anwaltliche Tätigkeit ein, stellte keine Fragen, äußerte keine Kritik.

Meine Frau ist da ganz anders. Sie hält nie hinter dem Berg, was sie über so manchen meiner Fälle – und vor allem: meine Klienten – denkt. Ich habe mir angewöhnt, ihr von meinen Verhandlungen zu erzählen, von den Risiken der Prozessführung, von den Geheimnissen des Plädoyers und des Kreuzverhörs. Natürlich erzähle ich ihr nicht alles; weniger wegen der Wahrung meiner Verschwiegenheitspflicht, sondern um sie nicht unnötig zu beunruhigen. Sie ist ständig besorgt, mein *Umgang* könnte ihr Leben oder das unserer Kinder in Mitleidenschaft ziehen.

Ich war ein sehr schüchternes, stilles, in sich gekehrtes Kind. Und ich bin noch immer ein ausgesprochen introvertierter Mensch. Ich ziehe es vor, mich und meine Bedürfnisse wie ein Geheimnis zu hüten. Nur bei meiner Arbeit gehe ich aus mir heraus, bei meinen Auftritten vor

Gericht – und überraschenderweise schlage ich mich dabei besser, als man es bei einem derart zurückhaltenden Menschen erwarten dürfte. Ich schlüpfe dabei gleichsam in eine Rolle. Ich sage mir, dass diese öffentliche Zurschaustellung mit mir selbst herzlich wenig zu tun habe; dass ich nichts von mir preisgäbe, sondern eine Person herzeigte, die ich erfunden hätte, um mich davor zu schützen, dass jemand mir zu nahe komme. Zuweilen bin ich der Person, die ich vorspiegle, allerdings viel ähnlicher, als das je meine Absicht war.

Ich bin auch meinem Vater viel ähnlicher, als ich das je sein wollte; denn auch ich gehe aus dem Haus, wenn meine Kinder noch schlafen, und kehre zurück, wenn sie längst im Bett liegen. Lediglich der Sonntag gehört meiner Familie; Ausnahmen von dieser Regel gibt es nur, wenn ein wichtiger Prozess ansteht. Allerdings bin ich mittlerweile ein sehr gesuchter Advokat, und die Sonntage, an denen ich arbeite, werden langsam zur Regel.

Obwohl ich den Eindruck vermittle, ständig zu arbeiten, brauche ich jeden Tag ein Quantum Zeit für mich. Allein zu sein hat für mich nichts Bedrohliches; ich brauche es wie die Luft zum Atmen. Ich erhole mich, wenn ich in stickigen Kellerarchiven nach einer Gesetzesstelle suche oder über einer Formulierung grüble. Und ich liebe es, durch den Stadtpark zu spazieren, vorbei an alten Bäumen, an Ziersträuchern und Blumen und an den Denkmälern großer Dichter und Musiker.

Es gibt Leute, die mich für abgehoben, arrogant und unhöflich halten. Aber ich bin nur in meinem Schneckenhaus gefangen; ich will auch gar nicht hinaus. Ich finde Menschen anstrengend. Es ist mir ein Rätsel, wie manche Leute im Umgang miteinander Energie tanken können, während sie zu welken scheinen, wenn sie allein sind. Bei mir ist es genau umgekehrt. Ich benötige das Alleinsein ebenso, wie ich Schlaf brauche und Essen.

## — V —

**TROTZ MEINER ANGEBORENEN MENSCHENSCHEU** will ich für nichts auf der Welt auf die Auseinandersetzung bei Gericht verzichten. Zwar gehe ich, wenn ich mich bei einem Prozess mit gegnerischen Anwälten, ignoranten Richtern und böswilligen Staatsanwälten streite, mental fast vor die Hunde; aber sobald ein Prozess vorbei ist, sehne ich bereits den nächsten herbei – wie ein Süchtiger, der ganz genau weiß, wie schädlich das Gift ist, das er zu sich nimmt, aber dennoch nicht davon lassen kann.

Während eines Prozesses lebe ich in ständiger Angst. Mein Herz rast. Ich kämpfe mit Atemnot. Ich fühle mich, als würde der Ausbruch einer Krankheit, einer schweren Krankheit, unmittelbar bevorstehen. Ich denke an Diphterie, Tuberkulose, Grippe – und ich entdecke an mir all die Symptome, die man mit diesen Erkrankungen verbindet: Halsschmerzen, Schluckbeschwerden, Husten, Appetitlosigkeit, Fieber, Erschöpfung. Erschöpfung. Manchmal bin ich derart ausgelaugt und dem Zusammenbruch nahe, dass ich kaum mehr die Stufen zum Justizpalast hinauf schaffe.

Es ist nicht so, dass ich meine Angst nicht ganz genau benennen könnte. Ich habe Angst, bloßgestellt zu werden. Ich habe Angst, etwas zu übersehen. Ich habe eine panische Furcht vor Fehlern, die mir unterlaufen könnten. Aber am meisten fürchte ich mich vor Entscheidungen, die im Bruchteil einer Sekunde getroffen werden müssen: Ob ich einen Zeugen im Kreuzverhör demütige oder darauf verzichte, weil ich es nicht über mich bringe; ob ich Einspruch erhebe gegen irgendeine Ungeheuerlichkeit, die der Staatsanwalt von sich gegeben hat, oder lieber schweige, um nicht den Richter zu verärgern.

Ich habe Angst vor Konflikten, was besonders absurd ist, weil meine Arbeit vor Gericht aus nichts anderem besteht als aus einer endlosen Aneinanderreihung von Konflikten. Ich habe Angst, dass ich aus Ärger, Wut, Feindseligkeit, Ungeduld, Dominanzstreben oder Konkurrenzdenken Situationen vollkommen falsch einschätze. Ich sehe Katastrophen an allen Ecken und Enden, und steigere mich immer weiter hinein in eine Spirale zu hoher Erwartungen, Enttäuschungen, eingebildeter Bedrohungen und Hilflosigkeit. Aber kaum ist ein Prozess vorbei, fühle ich mich wie eine Marionette, der die Schnüre abgeschnitten wurden – und vergesse in demselben Augenblick die grauenvollen Belastungen.

Es heißt allgemein, ich sei gut in dem, was ich tue. Man sagt, ich würde überzeugend plädieren, und meine Kreuzverhöre zählten zum Besten, was man bei Gericht zu hören bekommt. Freilich ist es in meinem Beruf üblich, dass man dem Gegner selbst dann zu seiner Leistung gratuliert, wenn er den Fall gerade in den Sand gesetzt hat; selbst dann, wenn man ihn für unfähig, korrupt oder strohdumm hält. Es ist also nie ganz klar, ob man mich lobt, weil ich wirklich gut war, oder nur einem Ritual genügt.

In meinem ersten Prozess ging es um die Verteidigung eines Apfeldiebs. Ich verlor natürlich. Der Apfeldieb war ein winziges Männlein in abgerissener Kleidung, ein Vagabund und Herumtreiber, der nie jemandem etwas zuleide getan hatte. Er war kaum imstande, sich zu den Vorwürfen zu äußern, sondern schien sich von Anfang an in sein Schicksal zu ergeben.

Ich machte mir zahllose Gedanken, wie ich diesen armen Tropf am besten verteidigen könnte. Ich überlegte, ob ich auf *nicht schuldig* plädieren sollte, weil es keinen wirklichen Beweis für den Diebstahl der Äpfel gab. Mein Mandant war lediglich unter einem Apfelbaum schlafend angetroffen worden, neben ihm einige – angeblich frische – Kerngehäuse. Niemand hatte gesehen, dass er die Äpfel vom Baum genommen hatte; es hätte sich ja auch um Äpfel handeln können, die vom Baum gefallen waren und die er lediglich vom Boden aufgelesen hatte. Aber diese Verteidigungslinie erschien mir nicht überzeugend genug; ich ahnte, dass es dem Gericht egal sein würde, ob er schuldig war oder nicht. Er war *beschuldigt* worden, und die ihn, den Herumtreiber und Taugenichts, beschuldigt hatten, waren wertvolle Mitglieder der Gesellschaft, Steuerzahler, Wähler; das genügte vollkommen. Also entschied ich mich, an das Gewissen des Gerichts und der Kläger zu appellieren. Ich erinnerte daran, dass es die erste Christenpflicht sei, dem Nächsten beizustehen – insbesondere, wenn er so offenkundig der Hilfe bedurfte wie mein Apfeldieb.

Der Richter hörte sich meine Argumente mit wachsender Ungeduld an, unterbrach mich schließlich, ohne dass ich alle Bibelzitate hatte anbringen können, die ich ausgewählt hatte, und verurteilte den Apfeldieb zu dreißig Tagen Arrest. Das Äußerste, was dieser zu seinem Prozess vorbrachte, war, angesichts des Urteils ergeben zu nicken.

Immerhin, versuchte ich mich zu beruhigen, würde er dreißig Tage lang etwas zu essen und einen Schlafplatz bekommen, der weniger exponiert war als ein Apfelbaum. Erst als ich eines Tages das Gefängnis aufsuchte, um einen Mandanten zu befragen, wurde mir klar, dass die Gefahren der Freiheit um ein Vielfaches besser sind als das, was mit einem im Gefängnis passiert. Ich brauchte Tage, um das Schlagen der eisernen Türen, das Gekreische der Strafgefangenen, das Gebrüll der Wärter und die Gerüche von Kohl, Schweiß, Urin und scharfen Reinigungsmitteln aus meinen Sinnen zu tilgen.

Auch den nächsten Prozess verlor ich. Und den übernächsten. Schließlich fand ich heraus, dass es sinnlos war, an das Mitleid der Richter zu appellieren; sie waren viel zu abgestumpft, um sich Gedanken um die bedauernswerten Geschöpfe zu machen, die vor ihre Schranken gezerrt wurden. Die Urteile standen meist schon fest, bevor die Verhandlung begann. Aber ich entdeckte, dass es nicht ohne Einfluss blieb, wenn Zeitungen über ein Gerichtsverfahren berichteten. Offenbar wollten die Richter nicht als die unbarmherzigen Rächer dastehen, die sie tatsächlich waren, sondern als weise Männer, die auch einmal Gnade vor Recht ergehen lassen konnten.

Ich gewöhnte mir an, mit Reportern über meine Fälle zu sprechen – als einzige Möglichkeit, die Richter zu zwingen, die deprimierenden Fälle, die ich zuweilen vertrat, nicht einfach so schnell wie möglich vom Tisch zu wischen, sondern sich zumindest anzuhören, wie es zu den Verbrechen, über die verhandelt wurde, überhaupt gekommen war.

Die Gerechtigkeit ist zuweilen eine grauenvolle Mühle. Sie mahlt tagaus, tagein, aber mit enervierender Langsamkeit. Und ohne alle Rücksicht darauf, ob das, was sie in ihrer Blindheit beschließt, angemessen ist oder blankes Unrecht. In einigen Fällen, die mir besonders unter die Haut gingen, versuchte ich, auf dem Gnadenweg eine Revision des Urteils zu erreichen. Die Antwort des jeweiligen Justizministers kam in aller Regel schnell, routiniert und kalt. Dann wandte ich mich an den Kaiser als letzte Hoffnung. Aber meist war auch diese Hoffnung vergebens.

Die Richter, der Staatsanwalt, die Schöffen, der Justizminister und sogar der Kaiser hielten die Mühle, die sie mit Gerechtigkeit verwechselten, unbarmherzig am Laufen. Sie orientierten sich stets an den Buchstaben der Gesetze; wenn dabei ein Leben zerstört wurde, nahmen sie das hin, auch wenn es sinnlos und unnötig war: Das Prinzip musste gewahrt werden. Nichts wurde verabsäumt; nur eben das Entscheidende: bei aller Sorge um das Recht auch noch Menschlichkeit walten zu lassen.

Ein Leben war zerstört. Aber die Gerechtigkeit hatte gesiegt.

## — VI —

**DIE VORBEREITUNG AUF EINE VERHANDLUNG** – jede Verhandlung – ist wie das Warten auf die eigene Hinrichtung. Die Gedanken wirbeln dann durch meinen Kopf, sie flattern auseinander und formieren sich neu in einer endlosen Suche nach der einen, überzeugenden Wahrheit. Irgendwie, quäle ich mich, muss es mir gelingen, das, was geschehen ist, zu einer Geschichte zu formen. Irgendwie muss es mir gelingen, meine Version der Geschichte durchzusetzen, die vor Gericht in unzähligen Varianten erzählt werden wird: von mir, von den anderen Anwälten, von den Zeugen, vom Staatsanwalt. Und nur eine Version wird sich als so überzeugend erweisen, um geglaubt zu werden.

Ich bin immer gut vorbereitet – aber sobald ein Prozess beginnt, ist alles Makulatur. Denn jedes Verfahren entwickelt ein Eigenleben, sobald der Richter zum ersten Mal mit dem Hammer auf den Tisch schlägt. Mit jeder Stellungnahme des Staatsanwalts, mit jeder Behauptung des Verteidigers, mit jedem Winkelzug der Anwälte, mit jeder Zeugenaussage kann die Richtung, die das Verfahren nimmt, auf den Kopf gestellt werden. Sobald ein Prozess beginnt, kommt es nur noch darauf an zu reagieren, und alles zu tun, um dem Gang der Dinge die Richtung zu geben, die ich mir in schlaflosen Nächten ausgedacht habe.

Am Dienstag, dem 9. Mai, trat die Zweite Strafkammer des Landesgerichts Wien zusammen, um den Prozess wegen verleumderischer Beleidigung gegen Gerwald Holomek zu eröffnen. Den Vorsitz führte Landesgerichtsdirektor Baron Wies von Wieselburg. Seine Beisitzer waren die Justizräte Gerth und Muncker, zwei wahrhaft unsägliche Typen. Der eine war dünn wie eine Bohnenstange; sein starrer Blick drückte permanent Vorbehalte an dem aus, was man gerade vorbrachte. Der andere war übergewichtig und phlegmatisch und schien die meiste Zeit zu schlafen. Wenn er tatsächlich einmal seine Augen einen Spalt öffnete, sah er aus wie eine alte Kröte und vermittelte den Eindruck, als sei dies alles unendlich langweilig, als habe er dies alles schon bis zum Überdruss gesehen und bis zum Erbrechen gehört.

Der Vorsitzende Richter saß an seinem erhöhten Richtertisch aus reich geschnitzter Eiche. Er war ein kleiner Mann, aber wenn er in den Saal mit der vertäfelten Decke hinunterblickte, konnte an seiner Autorität nicht der geringste Zweifel bestehen. Er war etwa sechzig Jahre alt, hatte Hängebacken und eng zusammenstehende, kalte Augen. Seine herabgezogenen Mundwinkel vermittelten einem das Gefühl, dass die Gerechtigkeit nicht bei guter Stimmung sei.

Die Verteidigung des Abgeordneten hatte Advokat Hagen von Hartheim übernommen, ein hervorragender, wegen seiner leidenschaftlichen Ausbrüche aber auch gefürchteter Jurist. Er war etwa fünfzig Jahre alt, hatte eine ungesund rote Gesichtsfarbe, die von Bluthochdruck kündete oder dem übermäßigen Zuspruch geistiger Getränke, und trug unter seinem Talar eine Art Tracht. Ich stellte mir vor, dass er sich, kaum war die Verhandlung zu Ende, in den nächsten Wald verfügte, um dort auf Hirsche und Rehe zu schießen.

Als Nebenkläger hatte die k.u.k. Armee den Militäranwalt Oberstleutnant-Auditor Johann Czaplinski aufgeboten, der auch die Rechte der Offiziere wahrnehmen würde, die in Holomeks Schrift belastet wurden. Czaplinski war ein Mann untadeligen, ja, zackigen Auftretens, der sämtliche Orden angelegt hatte, die ihm je verliehen worden waren. Jedes Mal, wenn er aufstand, um Einspruch zu erheben, schlug er die Hacken zusammen, was im Gerichtssaal wie ein Pistolenschuss klang. Sein Auftreten sicherte ihm jedenfalls verlässlich alle denkbare Aufmerksamkeit. Was er zu sagen hatte, war allerdings weniger beeindruckend.

Die Riege der Anwälte vervollständigte Walter Sachs, ein Kollege, den ich schätze und mit dem ich schon oft zusammengearbeitet habe. Walter vertrat die Büchsenmacher. Er war so alt wie ich, aber im Unterschied zu mir ziemlich korpulent. Ich hatte schon beobachtet, wie er seinen umfangreichen Bauch streichelte wie eine werdende Mutter, die mit dem Ungeborenen auf geheimnisvolle Weise kommuniziert.

Unmittelbar nach Eröffnung der Verhandlung gibt Oberstaatsanwalt Alfred Drescher, eine Person, die zu seltsam eckigen, ungelenk wirkenden Bewegungen neigt, im Übrigen ein Mensch ohne jeglichen Humor, hochgewachsen, sich militärisch gerade haltend, mit glattem schwarzem Haar, langen Koteletten und einem mephistophelisch geschnittenen Bart, eine Erklärung ab:

»Herr Vorsitzender, Hohes Gericht!«, beginnt er, den Blick über die Köpfe des Gerichtshofs hinweg auf den Doppeladler, der darüber thront, gerichtet, »die Beschuldigungen, die der Angeklagte erhoben hat, sind überaus brisant. Sollten sie sich als wahr herausstellen, sollte es sich – und sei es nur in Teilen – als zutreffend erweisen, dass die von der Schön'schen Fabrik für die k.u.k. Armee gelieferten Gewehrverschlüsse kriegsuntüchtig und minderwertig sind, würde das eine hoch- und landesverräterische Handlung seitens der Kläger vermuten lassen, die – ungeachtet aller weiteren juristischen Konsequenzen – notwendigerweise zum sofortigen Ausschluss der Öffentlichkeit führen müsste. Ich sehe mich gezwungen, schon zu diesem Zeitpunkt auf diese ... denkbaren Imponderabilien hinzuweisen, um ein schnelles und konsequentes Handeln und damit die Integrität dieses Gerichtshofs sicherzustellen. Selbstverständlich ist es meine feste Hoffnung, dass es dazu nicht kommen wird, sondern die Streitsache in aller Öffentlichkeit ausgetragen werden kann.«

Ich kann kaum glauben, was ich da höre. Nach all den Jahren, die ich vor Gericht plädiert habe, war ich überzeugt, nichts mehr könne mich überraschen. Ich hatte Richter erlebt, die während der Verhandlung eingeschlafen waren; völlig unvorbereitete Staatsanwälte; Zeugen, die logen, dass sich die Balken bogen. Aber was Staatsanwalt Drescher sich eben geleistet hat, ist so ungeheuerlich, dass ich kaum an mich halten kann. Ich springe auf und bitte ums Wort, setze aber bereits mit meiner Erwiderung an, ehe Seine Ehren es mir erteilt hat:

»Hohes Gericht! Ich bin empört über den Versuch der Staatsanwaltschaft, die Fakten in diesem Verfahren, noch bevor es überhaupt begonnen hat, auf den Kopf zu stellen. Nach den verqueren Vorstellungen des Herrn Staatsanwalts hat es den Anschein, als müsse sich nicht der Angeklagte, sondern es müssten sich mehrere honorige Beamte, verdiente Offiziere mit einwandfreiem Leumund und die Direktoren der Schön'schen Fabrik verantworten. Es ist selbstverständlich genau umgekehrt! *Er*«, und dabei zeige ich mit dem Finger auf Gerwald Holomek, »*er* muss beweisen, dass sich alles so zugetragen hat, wie er es in seinem Buch behauptet!«

Der Richter, dem das Verfahren schon in dieser frühen Phase zu entgleiten droht, beendet die Debatte abrupt, verbittet sich jede weitere Wortmeldung und ruft den Beklagten auf.

## — VII —

**DER ABGEORDNETE HOLOMEK ERKLÄRT,** nachdem seine Personalien festgestellt worden sind, er halte seine Behauptungen selbstverständlich vollinhaltlich aufrecht und verweist auf eine Reihe von ihm geladener Zeugen. Er berichtet, er habe seinerzeit zunächst Strafanzeige wegen Hoch- und Landesverrats erstatten wollen. Da er aber abschlägig beschieden worden sei, habe er die inkriminierte Denkschrift verfasst, um Kaiser, Reich und Armee vor Schaden zu bewahren. Vor dem Erscheinen des Buches habe er sich an den Polizeipräsidenten gewandt, sei von diesem aber nicht empfangen, sondern an dessen Stellvertreter, einen Hofrat Dr. Friedheim, verwiesen worden.

Da er jedoch gewusst habe, dass Friedheim Jude sei, habe er davon ausgehen müssen, dass dieser für sein Anliegen nicht das nötige Engagement, nicht die richtige Einstellung aufbringen werde. Er sei daraufhin auch beim Kriegsminister vorstellig geworden. Aber auch das habe nichts gefruchtet. Das Buch sei quasi eine Notwehrmaßnahme gewesen, um Schaden, vielleicht sogar nie wieder gutzumachenden Schaden von seiner Heimat abzuwenden.

Während dieser langen Erklärung habe ich erstmals Gelegenheit, den Abgeordneten aus der Nähe zu beobachten. Ich hatte immer wieder über ihn in der Zeitung gelesen. Die Meinungen über ihn waren kontrovers. Während die einen begrüßten, dass da endlich jemand war, der die Dinge beim Namen nannte, hielten ihn die anderen für einen böswilligen Demagogen und üblen Judenhasser. Es gab praktisch niemanden, der ihm gleichgültig gegenüberstand.

Auf den ersten Blick macht Holomek einen ausgesprochen harmlosen Eindruck: ein offenes, freundliches, jungenhaftes Allerweltsgesicht, das er jederzeit zu einem spitzbübischen Lächeln verziehen kann. Seine langsam grau werdenden Haare beginnen sich zu lichten, aber insgesamt wirkt er wesentlich jünger, als er ist. Er formuliert geschickt und meist mit ausgesuchter Höflichkeit. Mit einem Wort: Er präsentiert sich als Traum aller Schwiegermütter, als umgänglicher, sympathischer, fast schon biederer Mensch, und hält diese Pose, egal, was passiert, unter allen Umständen bei. In einem versöhnlichen, ja, liebenswürdigen Ton spricht er die größten Ungeheuerlichkeiten aus, die, anders vorgetragen, wütende Proteste heraufbeschworen hätten.

Ich nehme mir vor, ihn keineswegs zu unterschätzen. Der Mann ist gefährlich! Der Umstand, dass er sich während seines Vortrags auf einen Stock stützen muss, macht das Ganze sogar noch überzeugender. Der Richter hatte ihm angeboten, seine Aussage sitzend zu machen. Aber Holomek hat sich artig bedankt und behauptet, aus Respekt vor dem Hohen Gericht sei das für ihn unannehmbar. Ich bin gespannt, wie er auf meine erste Attacke reagieren wird.

Holomek teilt mit, er sei 1841 in Gramastetten geboren worden und in Linz an der Donau aufgewachsen. Er habe vier Kinder. Seine Frau und die Kinder lebten in Linz. Es sei zur Überzeugung gekommen, dass es besser sei, die Kinder in ihrer gewohnten Umgebung aufwachsen zu lassen. Aber er leide unter der Trennung. Nach einer Ausbildung zum Grundschullehrer habe er zunächst in seiner alten Heimat, in Gramastetten, unterrichtet, ehe er zum Direktor der Hauptschule in Linz am Diesterweg ernannt worden sei. Auch als Direktor habe er noch unterrichtet, seine Gegenstände seien Geschichte, Geografie und Turnen gewesen.

Als er berichtet, er sei bei einem Reitunfall schwer verletzt und damit berufsunfähig geworden, hake ich nach und konfrontiere ihn mit der Behauptung, sich diese Verletzung in Wahrheit bei einer Mensur im Korporationshaus der *Arminia Czernowitz* zugezogen zu haben, wo er betrunken die Treppe hinuntergefallen sei und sich das Kniegelenk so kompliziert gebrochen habe, dass es nicht mehr adäquat eingerichtet habe werden können. In Holomeks Augen blitzt kurz blanke Wut auf, aber er hat sich sofort wieder in der Gewalt. Mit gewinnender Miene und einem Lächeln erwidert er: »Von einem Juden kann man ja nichts anderes erwarten als Lügen!«

Dafür wird ihm seitens des Vorsitzenden ein Ordnungsruf erteilt, den er demütig entgegennimmt und sich entschuldigt; jedoch nicht bei mir, sondern beim Richter: Es fiele ihm schwer, erklärt er, auf eine solch ungeheuerliche Unterstellung so bedachtsam zu reagieren, wie es der Würde des Gerichts angemessen sei. Daraufhin stelle ich trocken fest, ich nähme zur Kenntnis, dass der Beklagte die Darstellung, sich seine Verletzungen nicht bei einem Sturz vom Pferd, sondern von einer Schnapsflasche zugezogen zu haben, nicht widerspreche. Das bringt auch mir einen Ordnungsruf und den vehementen Widerspruch seitens Holomeks und seines Verteidigers ein.

Als sich alles wieder halbwegs beruhigt hat, erkundigt sich Walter Sachs, ob es der Wahrheit entspreche, dass er, Holomek, seine Schüler beim Sportunterricht als »Bettbrunzer«, »Hundsgrippel«, »Watschengsicht« und, wenn er jemanden wirklich verletzen wollte, als »Judensau« zu beschimpfen gepflegt habe. Holomek bestreitet das nicht einmal, sondern spricht dem Advokaten jegliche pädagogische Kompetenz ab – alles in einem konzilianten, fast nachsichtigen Ton.

Schließlich, führt Holomek aus, sei 1884 sein Einstieg in die Politik erfolgt. Er sei erst zum Referenten für ideologische Fragen der Alldeutschen Vereinigung ob der Enns berufen und schließlich, nach einem erfolgreichen Wahlkampf für den Reichsrat, designiert und gewählt worden. Dort sei er schlussendlich zum stellvertretenden Parteiobmann aufgestiegen.

Mir wird sehr schnell klar, dass es fast unmöglich sein wird, ihn aus der Reserve zu locken. Er weiß sich gut auszudrücken und ist rhetorisch beschlagen. Ohne im Mindesten eingeschüchtert zu wirken, steht er vor dem Hohen Gericht und macht seine Aussage. Er wirkt sympathisch, freundlich, nett. Die meiste Zeit über zeigt er ein spitzbübisches Jungenlächeln. Ohne dieses Lächeln wäre jedem im Saal die Ungeheuerlichkeit seiner Ausführungen bewusst. Aber mit diesem jungenhaften Charme nimmt er seinen Aussagen die Schärfe. Wer genau zuhört, kann sich freilich keinen Illusionen darüber hingeben, wes Geistes Kind er ist. Auf der linken Wange seines glattrasierten Gesichts zeichnen sich zwei deutlich sichtbare Schmisse ab.

Der Vorsitzende Richter will von ihm nochmals wissen, weshalb er, als er mit dem Polizeipräsidenten und dem Kriegsminister sein Anliegen besprechen wollte, diese jedoch unabkömmlich gewesen seien, nicht mit deren Stellvertretern vorliebgenommen habe. Holomeks knappe Antwort lautet: »Mit den Vertretern wollte ich nichts zu tun haben, es sind Juden!« Man spürt, dass der Vorsitzende noch eine Ergänzungsfrage oder zumindest eine Bemerkung auf den Lippen hat, doch er schüttelt bloß den Kopf. An seiner Stelle übernimmt nun Oberstaatsanwalt Drescher die Befragung des Angeklagten. Er bietet Holomek viel Raum, seine Vorwürfe gegen die Schön'sche Fabrik und die mit der Kontrolle betrauten Beamten auszubreiten. Holomek erklärt, der Geradezugverschluss, wie er von Schön geliefert werde, sei im Grunde lediglich eine Variante des Zylinderverschlusses. Er, Holomek, könne nicht exakt erklären, wodurch sich dieser Verschluss von Gewehrschlössern vergleichbarer Bauart unterscheide. Er bezweifle aber, dass es sich um eine wirklich bedeutende Innovation handle. Auch dies, hoffe er, werde die Verhandlung zum Vorschein bringen – und damit gewisse Machenschaften aufdecken.

Jedenfalls habe sich die Gewehrfabrik Steyr-Mannlicher – aus welchen Gründen immer – entschlossen, die Schön'sche Fabrik mit der Produktion der Gewehrschlösser zu beauftragen. Und genau hier liege das Problem: Schön und Cohn seien offenbar in der Lage, durch eine geringfügige, äußerlich nicht ersichtliche Veränderung eine im Prinzip gute Erfindung zu einer tödlichen Falle zu machen. Praktisch alle schadhaften Teile gingen an die k. u. k. Armee, die tadellos funktionierenden würden für feindliche Armeen reserviert.

»Können Sie«, erkundigt sich Drescher, »das beweisen?«

»Selbstverständlich!«, antwortet Holomek. »Die Häufung der Probleme mit dem Gewehrschloss spricht ja Bände! Hier handelt es sich unzweifelhaft um Sabotage zum Nachteil der k.u.k. Armee! Die unbestreitbaren Ergebnisse mangelnder Funktionalität und ihre Gefährlichkeit sind übrigens nicht nur mir bekannt, sondern allen Verantwortlichen in der Armee. Was ich nicht weiß, ist, auf welche Weise die Sabotage erfolgt.«

## — VIII —

**POLIZEIPRÄSIDENT VON WEILERSHEIM, ALS ZEUGE** vernommen, räumt ein, von Holomek keine hohe Meinung zu haben, bestreitet aber, den Abgeordneten aus diesem Grund nicht angehört zu haben.

»Worauf«, fragt der Vorsitzende, »gründet sich Ihre Abneigung gegen den Angeklagten?«

»Der Herr Abgeordnete sagt im Parlament und in den Zeitungen nicht die Wahrheit. Man kann zu den Juden stehen, wie man will, aber die Dinge, die er ihnen unterstellt, und zwar permanent, sind einfach nicht wahr.«

»Können Sie das an einem Beispiel ausführen?«, fragt der Vorsitzende nach. »Holomek hat im Parlament einmal behauptet, Erzherzog Rudolf sei von Juden ermordet worden. Er sprach von einer Verschwörung des Juden Rothschild. Nichts davon haben die polizeilichen Untersuchungen zutage gebracht. Er berichtet immer wieder von Wucherzinsen des Bankhauses Bernheim. Wir sind mehrmals vorstellig geworden, aber die Behauptungen haben sich stets als unzutreffend erwiesen. Es gab auch eine ganze Reihe von Betrugsvorwürfen gegen jüdische Kaufleute. Auch diese haben sich allesamt nicht verifizieren lassen.«

»Vielleicht liegt das daran, dass Ihre Beamten gekauft sind«, lässt sich der Beschuldigte, noch immer lächelnd und in liebenswürdigem Ton, vernehmen. Noch ehe der Polizeipräsident etwas erwidern kann, ermahnt der Vorsitzende den Angeklagten »ein letztes Mal«, die Würde des Gerichts zu wahren; er, Holomek, werde noch ausreichend Möglichkeit erhalten, sich zu erklären.

Die nächsten, von der Verteidigung einberufenen Zeugen sind allesamt ehemalige Arbeiter der Schön'schen Fabrik. Einige sind wegen Urkundenfälschung, Betrugs oder Diebstahls vorbestraft. Sie berichten über erhebliche Unregelmäßigkeiten, Falsch-Stempelungen, Verwendung minderwertigen Materials und behaupteten, dass die zur Abnahme der Gewehre abkommandierten Offiziere betrogen worden seien. Die Vernehmung von Hannes Pfisterer, einem dieser Arbeiter, kann als exemplarisch für die Aussagen aller übrigen gelten; sie glichen sich so sehr, dass wohl nicht nur mir der Gedanke kam, sie hätten sich abgesprochen.

»Ihr Name ist Johann Pfisterer?«, fragt der Vorsitzende.

»Jawohl!«, antwortet dieser. »Geboren am 12. September 1853 in Mürzzuschlag. Wohnhaft in Wien, Grenzackerstraße 14.«

»Sind Sie vorbestraft?«, will der Staatsanwalt wissen.

»Jawohl!«, antwortet Pfisterer.

»Weswegen?«, erkundigt sich der Vorsitzende.

»Ich war der Unterschlagung angeklagt. Dabei war alles nur ein Irrtum.«

»Wie das?«

»Ich habe für die Opfer der Hochwasserkatastrophe in Kärnten Geld gesammelt. Aber bevor ich es abliefern konnte, wurde es mir gestohlen. Dabei wollte ich nur helfen. Stattdessen wurde ich wie ein Verbrecher behandelt.«

»Ja«, sinniert der Vorsitzende, verschmitzt lächelnd, »das Leben kann schon ungerecht sein.«

Dann ruft er zur Ordnung, um zum eigentlichen Gegenstand des Verfahrens zurückzukehren: »Wie lange waren Sie in der Schön'schen Fabrik beschäftigt?«

»Fast zwei Jahre. Bis zum vorigen Herbst.«

»Welche Wahrnehmungen haben Sie dabei gemacht?«

»Es wurden für die Verschlüsse unterschiedliche Materialien verwendet.«

»Aha. Und warum wissen Sie das?«

»Nun, es fühlte sich eben unterschiedlich an. Es hatte auch eine etwas andere Färbung. Ich hatte das Gefühl, als sei es einmal weicher und einmal härter.«

»Aber können Sie beweisen«, fragt der Staatsanwalt, »ob es tatsächlich Material unterschiedlicher Qualität war?«

»Nein«, antwortet Pfisterer, »ich bin ja bloß ein Arbeiter. Aber ich weiß, was ich weiß!«

Im Kreuzverhör bemühe ich mich um die Klarstellung, bei Pfisterer handle es sich lediglich um einen angelernten Laien, der keinerlei Fachkenntnis bezüglich des verwendeten Materials haben könne.

»Warum«, frage ich zum Abschluss der Einvernahme, »sind Sie eigentlich aus den Diensten der Schön'schen Fabrik entlassen worden?«

Der Zeuge behauptet, er sei von seinem Vorarbeiter ungerecht behandelt worden.

»Also hatte der Vorarbeiter Unrecht, als er Ihnen vorwarf, Sie hätten mehrere Werkzeugteile gestohlen?«

In der anschließenden Befragung bemüht sich der Advokat des Angeklagten, den Eindruck zu zerstreuen, bei Pfisterer handle es sich um einen ebenso ahnungslosen wie missgünstigen ehemaligen Mitarbeiter. Er streicht heraus, dass Pfisterer sehr wohl praktische Fachkunde erworben habe, dass er derjenige gewesen sei, der das für die Verschlüsse verwendete Material ständig in Händen und damit gearbeitet habe. Damit könnten ihm Unterschiede in der Beschaffenheit des Materials durchaus aufgefallen sein – ja, er sei geradezu prädestiniert für eine solche Beobachtung.

Als Nächster wird der Sachverständige der Armee, Major Johann von Hannig, aufgerufen. Er ist auch der Vertreter des Kriegsministeriums und führt minutiös aus, warum die Behauptung, es sei für die Gewehrverschlüsse unterschiedliches Material verwendet worden, falsch sei. Er sei von seiner vorgesetzten Behörde mit der Überwachung und Kontrolle der Schön'schen Fabrikation betraut gewesen. Das in der Schön'schen Fabrik verarbeitete Material sei das beste gewesen, zumindest so gut wie das in anderen Fabriken für diesen Zweck verwendete.

»Haben Sie die Schlösser selbst kontrolliert?«, wird er vom Oberstaatsanwalt gefragt.

»Ich habe die Gewehre bei der Truppe gesehen. Ich habe sie stichprobenweise erprobt, das heißt, ich habe sie angeschossen.«

»Und was ist dabei herausgekommen?«

»Ich kann sagen, dass sie in jeder Beziehung den gestellten Anforderungen entsprochen haben. Insbesondere haben auch die Verschlüsse einwandfrei funktioniert.«

»Aber«, erkundigt sich der Advokat des Angeklagten, »haben Sie auch Kontrollen in der Schön'schen Fabrik in Bad Vöslau vorgenommen?«

»Nein«, gibt Major Hannig zu Protokoll, »das hat nicht zu meinen Aufgaben gehört. Ich habe zwar im Vorfeld der Produktion die Fabrik besucht, weil es sich ja um eine neue Erfindung gehandelt hat, deren Funktionsfähigkeit ich evaluieren wollte. Nachdem ich mich vergewissert hatte, dass die Verschlüsse den Angaben und Vorgaben entsprechend arbeiteten, ging es mir später nur noch darum zu kontrollieren, ob das auch bei der massenweisen Produktion zutrifft.«

»Das bedeutet«, insistiert triumphierend der Verteidiger, »dass die Produktion völlig unkontrolliert abgelaufen ist!«

»Selbstverständlich nicht!«, widerspricht der Sachverständige. »Es waren immer wieder Offiziere in meinem Auftrag vor Ort.«

Hartheim winkt ab, als sei das völlig unerheblich.

»Wie müssen wir uns das vorstellen, Ihre sogenannte Kontrolle?«

»Die eigentliche Kontrolle erfolgt erst, wenn die Schlösser auf den Gewehren montiert sind. Wenn also ein ganzes Gewehr fertig und einsatzfähig ist. Dann wird es gebucht und gestempelt und alsdann zum Anschuss gebracht. Sobald es die Probe des Anschusses bestanden hat, wird es nochmals gestempelt, mit einer fortlaufenden Nummer und einem Buchstaben versehen und in das Schießbuch eingetragen.«

»Und das scheint Ihnen ausreichend zu sein?«, lässt sich der Verteidiger in skeptischem Ton vernehmen.

»Ja!«

»Sie sind also nicht auf die Idee gekommen, die Gewehre in gefechtsmäßigem Einsatz zu testen?«

»Sie meinen, wir hätten einen Krieg anfangen sollen, um herauszufinden, ob die Gewehre funktionieren?«

Diese Bemerkung wird im Saal mit Gelächter quittiert. Der Vorsitzende, der den Kopf gesenkt hält, um ein schmales Lächeln zu verbergen, klopft mit dem Hammer und droht, er werde den Saal räumen lassen, käme es zu weiteren Bekundungen welcher Art auch immer. Hartheim, der hochrot im Gesicht geworden ist, zischt den Sachverständigen wütend an: »Selbstverständlich nicht! Aber von einem Manöver werden Sie ja wohl schon gehört haben, oder?«

Major von Hannig, der während des ganzes Zwischenfalls seine stoische Haltung beibehalten hat, erwidert: »Selbstverständlich wurden die Gewehre bei Manövern einem Belastungstest ausgesetzt. Auch diese Tests erfolgten zu aller Zufriedenheit.«

»Es gab also keinerlei Mängel, keinerlei Beschädigungen an den Verschlüssen?«, ruft aufgebracht der Verteidiger.

»Selbstverständlich sind Beschädigungen aufgetreten«, erwidert Major Hannig.

»Und das hat Ihnen nicht zu denken gegeben?«, ruft der Verteidiger.

»Nein! Ein Manöver ist schließlich kein Kindergeburtstag!«, ereifert sich der Sachverständige. Zum ersten Mal scheint er genervt zu sein. Einen Anflug von Gelächter erstickt der Vorsitzende mit zwei harten Schlägen seines Hammers schon im Keim.

»Der Herr Verteidiger meint«, mischt er sich in die Befragung ein, wohl weil er befürchtet, der Streit zwischen Hartheim und Hannig könnte eskalieren, »der Herr Verteidiger fragt, ob die Beschädigungen bei den Schlössern zahlreich oder schwerwiegend gewesen sind.«

»Wie gesagt«, besinnt sich Hannig, »es kommt im Einsatz immer wieder zu Beschädigungen. Das ist unvermeidlich. Aber diese Beschädigungen sind im üblichen Ausmaß geblieben.«

Die anderen militärischen Sachverständigen, Oberst Freiherr von Korczak, Oberst von Fliehenfels und Oberstleutnant von Gößnitz, alle vom Kriegsministerium abkommandiert, schlossen sich den Erklärungen Major von Hannigs vollinhaltlich an. Ihre Aussagen waren so trocken, dass sogar Hartheim sich dazu durchrang, auf ein Kreuzverhör zu verzichten; er hätte sich zweifellos die Zähne an ihnen ausgebissen.

Offenbar wollte er sich seine scharfe Munition für bessere Gelegenheiten aufheben.

Hofbüchsenmacher Johann Baptist Kirchner bekundet, er habe im Auftrag des Untersuchungsrichters Schießversuche mit Schön'schen Gewehrverschlüssen vorgenommen. Aus etwa fünfundzwanzigtausend Gewehren habe er eine Anzahl herausgegriffen und diese, wie er es nannte, »angeschossen«. Er habe auch das Material in allen Teilen untersucht. Er könne mitteilen, dass die Gewehre vollständig kriegstauglich und hochwertig seien; davon sei er im Übrigen schon immer überzeugt gewesen.

Bei ihm verzichtet die Anklage ebenfalls auf eine Einvernahme. Hartheim hingegen kann es sich nicht verkneifen, ein Kreuzverhör durchzuführen. Zuerst erkundigt er sich bei Kirchner nach dessen Vermögensverhältnissen. Er geht Punkt für Punkt durch, bis er sich in eine Zahlung verbeißt, die Kirchner, wenn auch schon vor Jahren, von Schön erhalten hat.

»Finden Sie nicht auch, Herr Kirchner«, höhnt er, »dass diese Zahlung ein wenig streng nach Bestechung riecht?«

Kirchner beißt die Zähne zusammen: »Nein, ganz und gar nicht!«

»Und wofür«, insistiert Hartheim, »wollen Sie dann so viel Geld, immerhin zehntausend Kronen, erhalten haben, wenn nicht für – sagen wir – Ihr Wohlverhalten bei den Überprüfungen?«

»Ich habe diesen Betrag als Abgeltung für eine Erfindung bekommen, für die Schön das Patent angemeldet hat. Vielmehr für einen Beitrag zu dieser Erfindung.«

»Und diese Erfindung war nicht vielleicht das, was in den Zeitungen ›Juden-Schloss‹ genannt wird?« Hartheims Stimme trieft jetzt von Hohn und Verachtung.

»Nein, das war es nicht. Es hatte, genau gesagt, mit den Verschlüssen überhaupt nichts zu tun.«

»Und womit hatte es dann zu tun? War es vielleicht eine Anzahlung für künftige Bestechungsgelder, die auszufolgen man schließlich einen Weg gefunden hat, der nicht mehr verfolgbar ist? Solange Sie mir nicht sagen, wofür Sie zehntausend Kronen erhalten haben, erscheint mir das als die nächstliegende Erklärung.«

Hartheims Stimme ist jetzt ganz leise. Lauernd. Er erinnert mich an einen Fuchs, der ein Loch im Zaun des Hühnerstalls entdeckt hat und sich beim Hineinschleichen überlegt, wie er sich mehr als nur eine Henne schnappen könnte.

»Ich kann darüber nicht sprechen«, verteidigt sich Oberbüchsenmacher Kirchner »es unterliegt der militärischen Geheimhaltung.«

Hartheim stößt ein böses Lachen aus: »Das ist wirklich eine grandiose Ausrede für Korruption! Dafür habe ich natürlich größtes Verständnis.«

Plötzlich schreit er Kirchner an: »Reden Sie! Gestehen Sie!«

Ich springe auf. Das ist genau so ein Punkt, wo ein Prozess in eine völlig falsche Richtung abzudriften droht. Jeder Prozess hält eine solche Überraschung bereit, und wenn ich nicht sofort etwas unternehme, kann es sogar passieren, dass das Hohe Gericht auf die Finte des Verteidigers hereinfällt.

»Hohes Gericht«, erkläre ich, »vielleicht kann ich einen Vorschlag machen, der das Problem meines verehrten Kollegen löst. Vielleicht kann sich Herr Kirchner an die Heeresverwaltung wenden und um Suspendierung bezüglich der Geheimhaltung ersuchen? Das würde ihn in die Lage versetzen mitzuteilen, wofür er die Zahlung erhalten hat.«

»Das würde Ihnen so passen, Herr Kollege!«, erwidert Hartheim in grobem Ton, ohne abzuwarten, dass ihm der Richter das Wort erteilt. »Wahrscheinlich wäre es Ihnen am liebsten, wenn diese Suspendierung erst erfolgt, wenn dieser Prozess längst vorbei ist!«

Ich will gerade widersprechen, als sich der Richter meinem Vorschlag anschließt. »Ich denke, das ist eine gute Möglichkeit. Dem Gericht würde sogar eine Erklärung genügen, dass die Heeresverwaltung die Notwendigkeit der Geheimhaltung ausdrücklich bestätigt.«

Hartheim tobt: »Das ist unannehmbar für die Verteidigung! Sie geben«, schreit er den Richter an, »Sie geben dem Zeugen Zeit, sich eine glaubhafte Geschichte auszudenken, eine Geschichte, die schlussendlich nichts mit dem Prozessgegenstand zu tun haben wird. Dabei weiß jeder hier im Saal, der seinen Verstand beisammen hat, dass Kirchner von Schön bestochen wurde!«

Der Vorsitzende fährt ihn wütend an: »Sie sollten mit solchen Beschuldigungen zurückhaltend sein. Sonst werden bei nächster Gelegenheit Sie an genau der Stelle sitzen, die der Angeklagte eingenommen hat.«

Hartheim macht den Eindruck, als würde er am liebsten auf den Richtertisch springen und Seine Ehren an den Ohren ziehen. Er ballt seine Fäuste, faucht und spuckt, und wenn der Vorsitzende hören könnte, was er von sich gibt, würde ihm nichts anderes übriggeblieben, als eine empfindliche Ordnungsstrafe zu verhängen.

Aber Wies von Wieselburg ist an diesem Tag taub; oder er gibt es zumindest vor.

## — IX —

**ALS KOMMERZIALRAT SALOMON SCHÖN** einvernommen wird, fragt ihn Oberstaatsanwalt Drescher, ob es möglich sei, dass es bei der Produktion zu Unregelmäßigkeiten gekommen sein könnte. Schön räumt das zögernd ein. Der Oberstaatsanwalt fragt, ob es zu Abweichungen in der Qualität des verwendeten Stahls gekommen sein könnte. Schön räumt auch das ein.

»Und wie kann das geschehen?«, fragt der Oberstaatsanwalt.

»Nun, wie bei jeder Produktion kann es zu Fehlern kommen. Jemand verunreinigt das Material. Jemand ist schlampig. Jemand meldet einen Mangel nicht, aus Angst, er könnte bestraft werden.«

»Wie haben Sie sichergestellt, dass es nicht dazu kommt? Immerhin hängen von der Qualität Ihrer Arbeit Menschenleben ab.«

»Die fertigen Verschlüsse wurden nicht nur von der Armee kontrolliert, sondern selbstverständlich auch von uns. Trotzdem kann ich nicht ausschließen, dass es Mängel gegeben hat. Jedenfalls hat es nie Beanstandungen gegeben, die natürlich sofort zu sehr viel weiter reichenden Überprüfungen geführt hätten. Ich kann sagen, dass wir stets bestrebt waren, zur vollsten Zufriedenheit unserer Abnehmer tätig zu sein.«

»Ist es richtig, dass auch mehrere fremde Regierungen zu Ihren Abnehmern gehörten?«, will der Staatsanwalt wissen.

»Ja«, bestätigt Schön, »und auch von dieser Seite haben wir nur das höchste Lob erhalten.«

»Sie stellen also für ausländische Regierungen, Regierungen, mit denen es zu kriegerischen Auseinandersetzungen kommen könnte, Waffen her? Waffen, mit denen dann auf unsere Soldaten geschossen wird?«

»Wir stellen keine Waffen her«, weist Schön diesen Vorwurf zurück, »sondern Waffenbestandteile. Und zu einer Ausfuhr unserer

Verschlüsse kommt es selbstverständlich nur, wenn das Kriegsministerium sein Einverständnis dazu gibt!«

Drescher wirkt ein wenig entnervt, weil es ihm nicht gelingt, Schöns Aussagen zu erschüttern, weil er keinen Ansatzpunkt findet, ihn in Widersprüche zu verwickeln. Jetzt ändert er abrupt die Fragenthematik.

»Haben Sie«, will der Staatsanwalt nun wissen, »Beiträge an die *Alliance Israelite Universelle* bezahlt?«

An diesem Punkt greift der Vorsitzende ein und informiert den Kläger, er könne die Antwort auf diese Frage verweigern. Doch Schön erklärt, er habe nichts Unrechtes getan und wolle antworten: »Ich zahle hin und wieder einen kleinen Betrag an die *Alliance Israelite Universelle*. Das ist eine Vereinigung, die wohltätige Zwecke verfolgt.«

Der Staatsanwalt neigt den Kopf, als habe er Zweifel an dem, was er hier hört: »Und haben Sie je einen Auftrag von der *Alliance Israelite Universelle* oder einer anderen Stelle erhalten, der k. u. k. Armee minderwertige Gewehrschlösser zu liefern?«

»Nein!«, erwidert Kommerzialrat Schön in festem Ton. »So einen Auftrag habe ich selbstverständlich nie erhalten. Ich würde ihn auch nicht ausführen, gleichgültig von welcher Seite er kommt. Ich würde im Gegenteil das Kriegsministerium über ein solches Ansinnen informieren. Ich bin Patriot!«

Diese Bemerkung kommentiert der Abgeordnete Holomek mit einem ungläubigen Kopfschütteln.

Als ich aufstehe, um die Befragung Schöns fortzusetzen, weniger, weil Fragen offen geblieben oder Unklarheiten aufgetreten wären, sondern vielmehr, um seinen Aussagen noch mehr Gewicht zu verleihen, blicke ich ins Publikum. Ich will mich vergewissern, wie die Stimmung ist. Denn die Leute, die sich zufällig in einem Gerichtssaal versammelt haben, sind durchaus in der Lage, mit ihren Reaktionen Einfluss auf das Gericht und seine Entscheidung zu nehmen – auch wenn jeder Richter, den ich kenne, die Empfänglichkeit für derlei Anmutungen weit von sich weisen würde. Der Saal ist gut, aber nicht ganz voll besetzt. Es gibt die üblichen Gerichtssaalkiebitze, das Kriegsministerium hat einige hohe Offiziere entsandt, die stramm auf ihren Stühlen sitzen und jedes Wort aufmerksam verfolgen, und auch vonseiten des Angeklagten sind zahlreiche Personen bei der Verhandlung; sie sind leicht erkennbar, weil sie alle Kornblumen in den Knopflöchern ihrer weißen Hemden tragen – quasi das Erkennungszeichen der Alldeutschen Vereinigung.

Ich will mich bereits umdrehen und dem im Zeugenstuhl wartenden Schön zuwenden, um die erste Frage zu stellen, als ich in der letzten Reihe eine tief verschleierte Frau entdecke.

Mein Herz macht einen jähen Satz – eine völlig unangemessene Reaktion, wie ich mich sogleich schelte. Ihr Gesicht ist nicht erkennbar, aber ich habe keine Zweifel, dass es sich um *sie* handelt. Sie ist völlig schwarz gekleidet, wie eine Witwe, die ihren Schmerz verbergen will. Aber irgendetwas an ihrer Haltung signalisiert, dass das ein völlig falscher Schluss wäre. Sie blickte mich direkt und ohne Scheu an – jedenfalls kann ich mich dieses Eindrucks nicht erwehren.

Ich bin derart irritiert, dass ich mich am Pult aufstützen muss. Ich quäle mich durch die Fragen, die ich so sorgfältig vorbereitet und mit Schön eingeübt habe. Aber die geschliffenen Formulierungen, mit denen der Standpunkt Schöns nochmals herausgearbeitet werden soll, hören sich plötzlich fadenscheinig und wenig überzeugend an. Vermutlich ist meine mangelnde Konzentration sogar der Grund, dass Staatsanwalt Drescher meinen Klienten nochmals ins Verhör nimmt.

»Sie haben betont«, sagt er, »ein Patriot zu sein. Was muss ich mir darunter vorstellen?« Die Frage klingt harmlos, aber sie hat es in sich. Ich will bereits aufspringen, als mich eine beschwichtigende Geste Schöns davon abhält.

»Ein Patriot«, sagt Schön, »ist ein Mensch, der sein Vaterland liebt. Ich bin so ein Mensch. Ich stehe treu zum Kaiserhaus, bezahle meine Steuern, leiste meinen Beitrag für das Gemeinwesen und unterstütze Mitbürger, die unverschuldet in Not geraten sind.«

»Und warum«, insistiert Drescher, »finanzieren Sie dann ausgerechnet die *Alliance Israelite Universelle*, die ja nicht nur Mitbürgern Österreich-Ungarns Hilfestellung leistet?«

»Mitmenschlichkeit«, erklärt Schön, »macht nicht an Staatsgrenzen halt!« Darauf weiß Drescher offenbar nichts zu erwidern, sondern gibt lediglich durch seine Mimik und Gestik zu verstehen, dass er Schön kein Wort glaubt.

Auch der Advokat der Verteidigung, Hagen von Hartheim, lässt es sich nicht nehmen, meinen Mandanten einem Kreuzverhör zu unterziehen.

Geschlagene zwei Stunden lang versucht er, eine Bresche in Schöns Aussagen zu schlagen. Zwei Stunden lang bemüht er sich, ihn zu provozieren, mit offener Aggression und hinterhältigen Unterstellungen. Aber Schön bleibt standhaft.

»Ist Ihnen bekannt«, fragt Hartheim, »dass es sich bei der *Alliance Israelite Universelle* um eine Geheimorganisation handelt?«

»Nein«, erwidert Schön, »das ist mir nicht bekannt. Ich halte das auch für Unfug. Was soll das für eine Geheimorganisation sein, die gänzlich in der Öffentlichkeit agiert, ein offizielles Büro unterhält und bei der äußerst honorige Menschen tätig sind?«

»Nun«, äußert sich Hartheim in süffisantem Ton, »aber den Begriff Tarnung haben Sie schon gehört, oder?«

»Sollte sich herausstellen, dass die *Alliance* anderen Zwecken dient als jenen, für die sie öffentlich steht, werde ich meine Unterstützung sofort einstellen. Aber dafür gibt es nicht den geringsten Hinweis.«

»Ganz im Gegenteil«, erwidert Hartheim, »Hinweise gibt es mehr als genug. Als Advokat würde ich längst von einer dichten Verdachtslage sprechen. Von einer sehr dichten Verdachtslage! Ich habe hier einen ganzen Packen Zeitungen, deren Berichte in genau diese Richtung gehen. Da ist die Rede von Verschwörung, von Hoch- und Landesverrat, von konspirativen Versammlungen, von weltweiten Verbindungen. Und das ist wahrscheinlich nur die Spitze des Eisbergs. Es sieht so aus, als müssten wir Herrn Abgeordneten Holomek noch Abbitte leisten!«

»In den Zeitungen, die ich lese, stand davon noch nie ein Wort. Aber selbst, wenn es wahr wäre, habe ich nichts damit zu tun.«

»Das kann Ihnen glauben, wer will!«, behauptet Hartheim. »Tatsache ist, dass die *Alliance Israelite Universelle* eine höchst gefährliche Vereinigung ist, und dass Sie mit ihr in Verbindung stehen!«

»Und genau deshalb sind wir hier!«, gibt ihm Schön zur Widerrede. »Weil der Abgeordnete Holomek Lügen über mich verbreitet hat. Über mich und die *Alliance*. Lügen, die Sie nun wiederholen! Aber dadurch werden diese Lügen nicht wahr! Ich bin überzeugt, dass die *Alliance* ausschließlich karitative Ziele verfolgt. Was Holomek behauptet, ist böswilliger Unfug, und zwar auch dann, wenn dieser Mist tatsächlich in Ihren Zeitungen stehen sollte.«

Schön hat sich ein wenig in Rage geredet. »Selbst, wenn alles stimmen sollte, was Sie über die *Alliance* behaupten«, setzt er nach, »was habe ich damit zu tun?«

Ich gebe meinem Mandanten ein Zeichen, das wir verabredet haben für den Fall, dass er zu emotional wird. Er sieht es, schließt die Augen, und seine nächsten Antworten zeigen mir, dass er mich verstanden hat. Ein paar Augenblicke lang hat er sich auf dünnem Eis bewegt, aber nun steht er wieder wie ein Fels in der Brandung, an dem Hartheims bohrende Versuche, ihn aus der Reserve zu locken, abprallen.

## — X —

**NACHDEM SICH DAS GERICHT ZURÜCKGEZOGEN HATTE,** bat ich Schön, auf mich zu warten. Ich wolle, behauptete ich, mit ihm die Erkenntnisse des ersten Verhandlungstags durchgehen. Tatsächlich wollte ich einen Blick auf die verschleierte Frau werfen, die längst aus dem Gerichtssaal verschwunden war, die ich aber nun in seiner Droschke vermutete.

»Ehrlich gesagt, habe ich es eilig«, teilte er mir mit und wollte sich verabschieden.

»Ich halte Sie nur ganz kurz auf, am besten, ich begleite Sie zu Ihrem Wagen.«

Dem konnte er schwerlich widersprechen, auch wenn ich den Eindruck hatte, als suchte er nach einer Ausflucht. Wir machten uns auf den Weg. Ich fragte ihn nach seinen Eindrücken vom ersten Prozesstag. Allerdings hörte ich kaum zu, was er zu sagen hatte. Irgendwann fing ich den Namen des Staatsanwalts auf und antwortete, ohne mir bezüglich dessen, was Schön gesagt hatte, sicher zu sein: »Der Staatsanwalt ist voreingenommen, keine Frage. Das könnte zum Problem werden. Aber bis jetzt habe ich in diesem Gerichtssaal nichts gehört, das Holomek entlasten würde. Wir müssen abwarten.«

»Sie irren sich«, sagte Schön, »wenn Sie glauben, Holomek stünde vor Gericht. Das bin ich! Das ist die *Alliance*! Das sind die Juden in ganz Wien!« Die Bitterkeit in seinen Worten war nicht zu überhören.

»Und doch«, erwiderte ich, »ist es Holomek, der angeklagt wurde. Mir ist ebenso klar wie Ihnen, dass der Staatsanwalt das umdrehen möchte. Aber der Richter ist ein integrer Mann. Er wird das nicht zulassen.« Ich versuchte, meine Stimme ruhig und überzeugt klingen zu lassen; aber ich hatte durchaus Zweifel, und ein wenig klangen diese Zweifel durch.

Wir erreichten die Droschke. Ein Blick in den Fond des Wagens zeigte mir, dass die Frau da war; voll verschleiert, reglos, ohne den Kopf zu uns zu drehen. Ich hatte mich nicht getäuscht, und dieser Umstand versetzte mich in eine Art Hochgefühl. Erst viel später wurde mir bewusst, wie nutzlos meine Erkenntnis war. Schön begann sich zu verabschieden, ohne die geringsten Anstalten zu machen, mir die Frau vorzustellen. Mir blieb nichts anderes übrig, als seine Hand zu schütteln und zu gehen.

Auf dem Nachhauseweg dachte ich weniger über den Verhandlungstag nach als über die Frau in Schöns Droschke. Und dann fiel es mir wieder ein. Von einem Augenblick zum anderen wusste ich wieder, wer sie war. Damals, als ich ihr zum ersten Mal begegnet war, war ich überzeugt gewesen, dass ich diese Kopfhaltung, diese ganze Art, sich zu bewegen, diese Grazie ihres Wesens überall wiedererkennen würde.

Ich hatte sie in ihren Wohnräumen aufgesucht. Sie hatte nach mir schicken lassen, um eine juristische Angelegenheit, ein Testament zu besprechen. Testamente gehören, zugegeben, nicht zu den Gebieten, mit denen ich mich normalerweise beschäftige; ich finde Zivilrecht insgesamt langweilig. Aber ich war ihrem Ruf nachgekommen, weil ich schon von mehreren Seiten gehört hatte, wie unglaublich schön sie sei.

Ich begegnete Valerie Gräfin Kronsky in ihrem Boudoir, wohin mich ein Stubenmädchen geführt hatte. Sie sah kränklich aus; ein bleiches Gesicht, dessen Abgespanntheit das aufgetragene Rouge nicht zu überdecken vermochte; eine schmale Gestalt und geradezu zerbrechlich weiße Hände, die aus einem seidenen Kimono ragten.

»Geht es Ihnen nicht gut?«, erkundigte ich mich spontan, und sie bestätigte, dass sie krank, sehr krank gewesen sei. Das sei auch der Grund, warum sie nach mir geschickt habe. Sie war noch viel schöner, als ich sie mir vorgestellt hatte. Das blonde, gewellte Haar hatte sie geschickt aufgesteckt, was ihren langen weißen Hals zur Geltung brachte. Sie saß in einer vollkommenen, aufrechten Haltung, die bei ihr ganz natürlich wirkte, vor mir.

Es fällt mir schwer, sie zu beschreiben. Etwas Helles umgab sie, wie eine Aura; eine Aura der Unschuld, obwohl ich nicht sagen kann, ob das ihrem wirklichen Wesen entsprach oder bloß dem, was ich in sie hineininterpretierte. Ihre Stimme war leise, tiefer als erwartet, fast rauchig, und stets schwang eine unhörbare Melodie in dem mit, was sie sagte. Sie hatte ebenmäßige Züge, eine hohe Stirn, blaue, strahlende Augen, eine schmale, leicht nach oben strebende Nase, hohe Backenknochen. Ihre Erkrankung hatte dazu geführt, dass sie stark abgenommen hatte; aber das tat ihrer Ausstrahlung keinen Abbruch. Ich ahnte, dass sich unter dem Kimono ein überaus reizvoller Körper verbarg.

Ein Duft wie von Blumen umgab sie, und ich war überzeugt, dass er nicht von ihrem Parfum herrührte; sie selbst schien ihn auszuströmen. Aber all das beschreibt nur sehr unzulänglich, wie sie tatsächlich auf mich wirkte. Ich war fasziniert. Hingerissen. Außer mir. Aber am meisten beeindruckte mich die Offenheit und Ungezwungenheit, mit der sie sprach. Andererseits war es völlig egal, was sie sagte, weil mich ihre Stimme so vollständig gefangen nahm. Selbst eine Drohung hätte aus ihrem Mund noch wie eine Schmeichelei geklungen.

»Ich möchte mein Testament machen«, erklärte sie. Sie hatte sich auf der Chaiselongue zurückgelehnt, die Augen geschlossen. Ich war versucht, ihr zu widersprechen, sie sei dafür viel zu jung. Aber ohne es ausgesprochen zu haben, schien sie meine Gedanken bereits erraten zu haben; sie schüttelte den Kopf.

»Ich bin mit meinem Mann ein paar Tage in Altaussee gewesen«, erzählte sie stockend. »Schon dort habe ich mich fiebrig und benommen gefühlt. Kaum sind wir wieder in Wien gewesen, hat mich eine heftige Lungenentzündung befallen. Mein Mann hat mich gepflegt, bis auch er hohes Fieber bekam und dazu nicht mehr in der Lage war.« Sie machte eine Pause, als müssen sie sich erst sammeln, ehe sie mir auch den Rest anvertrauen konnte.

»Er ist daran gestorben«, flüsterte sie mit kaum vernehmbarer, seltsam distanzierter Stimme. Tränen rannen ihr über die Wangen, die sie nicht wegzuwischen versuchte; sie ließ sie fließen, ohne Scham, sich einem Fremden gegenüber gehenzulassen.

»Er ist gestorben, weil er sich bei mir angesteckt hat. Er ist meinetwegen gestorben!«

»Mein aufrichtiges Beileid«, stammelte ich. »Ich hatte keine Ahnung. Wir können auch zu einem späteren Zeitpunkt darüber sprechen.« Aber sie winkte ab. Danach schwiegen wir beide. Ich hatte das Gefühl, ich müsse unbedingt etwas sagen, auch wenn ich gleichzeitig Hemmungen hatte, ihr Schweigen zu stören.

»Sie müssen sich den Gedanken, am Tod Ihres Mannes Schuld zu tragen, aus dem Kopf schlagen«, begann ich schließlich. »Es ist nicht Ihre Schuld. Es ist niemandes Schuld. Wir sind alle in Gottes Hand!« Ohne auch nur im Geringsten religiös zu sein, gingen mir solche Gemeinplätze mittlerweile glatt über die Lippen; eine der Konsequenzen meines Berufs, auf die ich nicht besonders stolz bin. Die Krankheit, fuhr Valerie, ohne auf meine Worte einzugehen, nach einer Weile fort, sei äußerst heftig verlaufen. Eine ganze Woche lang sei sie, von Schröpfköpfen gepeinigt und den Bissen der Blutegel ausgeliefert, zwischen Leben und Tod geschwebt. Alles habe irgendwie unwirklich gewirkt, so, als sei sie gar nicht richtig da. Sie habe Schritte im Zimmer vernommen, einen beruhigenden Klang, hin und her, hin und her. Diese Schritte hätten ihr das Gefühl vermittelt, jemand gebe auf sie Acht.

Eines Morgens sei sie dann endgültig aus diesem merkwürdig schwebenden Zustand erwacht. Ihr Rücken habe geschmerzt, aber sie habe wieder leichter atmen können. Sie sei noch sehr schwach gewesen, aber sie habe ganz deutlich eine Gestalt wahrgenommen, die an ihrem Bett saß. Sie sei sich sicher gewesen, dass es ihr Mann sei. Doch er habe kein Wort gesprochen. Ihr Mann sei freilich zu diesem Zeitpunkt bereits tot gewesen. Sie wisse deshalb nicht, wer die Person an ihrem Bett gewesen sei. Oder ob überhaupt jemand dagewesen sei.

Sie habe eine Hand gefühlt, die sich auf ihre Stirn gelegt habe, ganz leicht. Doch aus irgendeinem Grund habe sie die Berührung als unangenehm empfunden. Sie habe sich in dem Kokon, den ihre Krankheit um sie gesponnen habe, sicher gefühlt. Sie habe in diesem Kokon bleiben wollen – ungestört. Sie habe gewusst, dass der Kokon zerreißen würde, ließe sie es zu, wieder ganz zu sich zu kommen.

Sie schwieg. Ich bat sie fortzufahren; ich konnte nicht genug von ihrer Stimme bekommen. Sie habe sich so wohl gefühlt, sagte Valerie Kronsky schließlich, mit stockender Stimme. Sie habe sich selbst so vollkommen genügt. Sie habe in diesem Zustand verharren wollen.

»Dieser Wunsch, allein zu sein«, flüsterte sie, »diese Einengung auf mich selbst hat mich nur langsam verlassen. Ich würde nichts lieber tun, als in den Kokon zurückzukehren – und alles zu vergessen.«

Sie schüttelte den Kopf. Ich betrachtete ihre zerbrechlichen Handgelenke, auf denen zarte blaue Adern schimmerten, ihre krankhaft blassen Fingernägel, ihr Gesicht, das sich kaum vom Laken abhob, selbst die Lippen.

»Es war«, sagte Valerie, »als könnte ich das sanfte Rauschen meines Blutes hören. Eine Zeitlang war ich imstande, mein Herz schlagen zu hören und das Singen meines eigenen Blutes.«

Als sie das sagte, öffnete sie die Augen, die fiebrig in ihrem Gesicht brannten. Sie starrte mich herausfordernd an, aber ich war außerstande, ihr zu antworten. Als sie die Augen wieder schloss, war es, als habe jemand das Licht abgeschaltet. Das ganze Zimmer wurde dunkler, kühler. Ihr Gesicht nahm einen verschlossenen Ausdruck an, so, als hinge sie seltsamen Bildern nach.

Ich blieb still neben ihr sitzen; schwieg; betrachtete sie. Ich wagte keinen Ton von mir zu geben, weil ich fürchtete, jedes Wort könne zerstören, was ich für Augenblicke besaß: ihren Anblick, ihre Stimme, ihren Duft. Hätte ich etwas gesagt, hätte sie vielleicht die Augen wieder geöffnet; ihre Augen, aus denen gleichermaßen Unschuld, Erschöpfung und Verwirrung sprachen; ihre Augen, die gesehen hätten, wie es um mich stand.

Lange Zeit blieben wir stumm. Die Krankheit hatte sie ausgezehrt. Sie wirkte auf mich weniger wie eine junge Frau, sondern eher wie ein Kind; ein geschlechtsloses, ätherisches Wesen. Nichtsdestoweniger begehrte ich sie; hungerte und dürstete nach ihr, wie ich nie zuvor nach einer Frau gehungert und gedürstet hatte.

Schließlich begann sie wieder zu sprechen: »Man hat lange zugewartet, bis man es gewagt hat, mir zu sagen, dass mein Mann verstorben ist. Aber ich habe es eigentlich schon gewusst. Ich weiß nicht, wie ich es erfahren habe. In meiner Gegenwart unterhielten sich alle nur flüsternd. Aber meine Sinne waren während meiner Krankheit geschärft. Wenn ich nicht schlief, hörte ich alles, sogar was in anderen Zimmern gesprochen wurde. Und vielleicht hörte ich sogar alles, während ich schlief.«

Sie richtete sich ein wenig auf, stützte sich auf den Polster, suchte meinen Blick: »Wir hatten eine gute Zeit, mein Mann und ich. Ich verliere mich manchmal in Träumereien, wenn ich an ihn denke. Aber ich muss auch ehrlich mit mir selbst sein: Das Bild, das ich von ihm habe, und die Einheit, die unberührbare Einheit, die wir gebildet haben, entgleitet mir.«

Sie sah mich abwartend an. Aber ehe ich zu einer Antwort ansetzen konnte, wurde gemeldet, der Arzt sei gekommen. Er komme, erzählte

Valerie, jeden Tag. Er wirke jetzt zuversichtlich und verspreche jedes Mal, alles werde wieder gut werden; so als wolle er dem unausgesprochenen Vorwurf entgehen, er habe sie gerettet, ihren Mann aber nicht. Valerie sagte das, ohne eine einzige weitere Träne zu vergießen, fast ohne Emotion.

Ich verabschiedete mich und versprach, am nächsten Tag mit einem Entwurf für das Testament wiederzukommen.

## — XI —

**AM ABEND DES ERSTEN PROZESSTAGES SAß ICH** in meinem Arbeitszimmer und gab vor, mich für den nächsten Tag vorzubereiten. Aber ich tat nichts dergleichen. Ich stand am Fenster, hielt mich an den Fenstergriffen fest und versuchte, Valerie aus meinen Gedanken zu verbannen.

Es gelang mir nicht. Vielmehr verfiel ich auf die aberwitzige Idee, sie könne etwas mit dem Streit zwischen Holomek und Schön zu tun haben. Natürlich war das abwegig. Ich hatte nicht den geringsten Anhaltspunkt für diese Mutmaßung. Gut, sie interessierte sich für den Prozess. Das ließ sich freilich mit ihrer Beziehung zu Schön erklären. Dennoch geisterte die Idee, es gebe noch einen anderen Zusammenhang, durch meinen Kopf. Ich schlief schlecht in dieser Nacht.

Hat man als Advokat ein Mandat übernommen, besteht die erste Pflicht darin, den Sachverhalt zu klären. Das geschieht normalerweise dadurch, dass man dem Mandanten Fragen stellt, um überhaupt beurteilen zu können, um welches juristische Problem es sich handelt. Die ganze Juristerei fußt auf der Annahme, dass der Mandant seinem Advokaten die erbetenen Informationen auch tatsächlich gibt. Aber genau das tun die wenigsten; sie lügen, sie beschönigen, und einige können schlicht nicht abschätzen, was relevant ist und was nicht.

In Schöns Fall gab es noch ein weiteres Problem: Konnte mit juristischen Mitteln überhaupt erreicht werden, was er *eigentlich* erreichen wollte? Ich war überzeugt, dass ich Schöns Rechtsposition durchsetzen können würde – auch und obwohl der Staatsanwalt sich auf Holomeks Seite geschlagen hatte. Aber ich war gut vorbereitet. Ich war mit allen maßgeblichen gesetzlichen Grundlagen vertraut, ich kannte die einschlägige Literatur, die in den amtlichen Mitteilungen des Obersten Gerichtshofs veröffentlicht worden war. Was Salomon Schön aber wirklich von mir erwartete, war nicht einfach die Lösung eines juristischen Problems. Es ging ihm vielmehr um seine Reputation. Und damit hatte ich es neben der Klärung juristischer Fragen mit einer starken psychologischen Komponente zu tun – und unwägbaren gesellschaftlichen Auswirkungen. Und die konnte ich nicht einmal im Ansatz abschätzen. Schön war sich dessen auch vollkommen bewusst.

Normalerweise habe ich einen sehr einfachen Zugang zur Vertretung meiner Mandanten: Ich prüfe die Rechtslage so penibel wie möglich und versuche die darauf folgende Beratung so eingehend zu gestalten, dass mein Mandant die Entscheidung über das weitere Vorgehen im Grunde selbst treffen kann. Ich hatte Schön die rechtlichen Konsequenzen, die Chancen und Risiken eines Prozesses in einer einem juristischen Laien verständlichen Weise nahe gebracht. Aber möglicherweise berührte das nicht einmal den Kern dessen, worum es ging. Ich konnte nicht ausschließen, dass der Prozess das Gegenteil dessen, was Schön anstrebte, zur Folge hatte. Es würde viel Staub aufgewirbelt werden. Wie die Zeitungen, die Öffentlichkeit, vor allem aber seine Geschäftspartner die Sache sahen, konnte in völligem Widerspruch zum Gerichtsurteil stehen.

Natürlich konnte ich mir sagen, dass ich für alles außerhalb des Gerichtssaals nicht zuständig war. Meine Verantwortung endete damit, die Rechtspositionen meines Mandanten vor Gericht durchzusetzen. Aber gerade weil mir klar war, worum es wirklich ging, hatte ich Schön vom Prozess abgeraten. Im Grunde hatte es allerdings nie eine Alternative zur Klage gegeben. Allein durch die Entscheidung der Heeresverwaltung, gerichtlich gegen Holomek vorzugehen, war Schön unter Zugzwang geraten. Und ich machte mir nichts vor: Mein Mandant war das Hauptziel der Verleumdungen.

Ein weiterer Unsicherheitsfaktor waren die Medien. In den seriöseren Blättern hatte es bisher keine überbordende Berichterstattung über den Prozess gegeben. In den Krawallzeitungen lagen die Dinge freilich ganz anders; sie hatten sich von Anfang an auf die Seite Holomeks geschlagen. Sie berichteten, wie sie immer berichten: tendenziös, voreingenommen, böswillig. Da sie sich hüteten, das Militär an den Pranger zu stellen und damit die Zensur herauszufordern, hatten sie sich einen anderen Schuldigen gesucht: Salomon Schön!

Womit ich nicht gerechnet hatte, war das Verhalten des Oberstaatsanwalts. Dabei hätte ich gewarnt sein müssen. Schön hatte mir von der verstörenden Reaktion Dreschers auf seine Anzeige berichtet; davon, dass Drescher, statt Untersuchungen gegen den Abgeordneten Holomek einzuleiten, gegen ihn, Schön, ermittelte habe.

Und natürlich zählt die Gegenseite ganz generell zu den Unwägbarkeiten jedes Prozesses. Mir war allerdings nicht klar, worauf Hartheim hinauswollte; dass er bisher keine außergerichtliche Lösung angestrebt hatte, ließ mich vermuten, er müsse noch etwas in der Hinterhand haben. Aber ich hatte keine Ahnung, worum es sich dabei handeln könnte.

Und nicht zuletzt gab es da noch diese Frau; diese Frau, deren Rolle ich nicht durchschaute; außer dass ich immer mehr davon überzeugt war, dass sie eine Rolle spielte. Gerade in diesem Prozess musste ich also mit Überraschungen rechnen; das verstörende Verhalten des Staatsanwalts würde nicht die letzte gewesen sein. Hartheim war berühmt für seine Winkelzüge, und ich hatte keine Ahnung, was er im Schilde führte. Wenn es mir nicht gelingen sollte, die Machenschaften meiner Gegner bereits im Keim zu ersticken, würde das eigentliche Ziel, dass Salomon Schön vollständig rehabilitiert wurde, in weite Ferne rücken.

All diese Überlegungen gingen mir durch den Kopf, als ich Salomon Schön ins Gericht begleitete und meinen Platz am Tisch der klagenden Partei einnahm.

## — XII —

**GLEICH ZU VERHANDLUNGSBEGINN TEILT DER VERTEIDIGER** mit, dass der als Zeuge geladene Kaufmann Karl Pascher vor dem Verhandlungssaal warte und geradezu darauf brenne, sich vernehmen zu lassen. Der Vorsitzende befiehlt, den Zeugen aufzurufen. Nach der Vereidigung und der Abwicklung der Präliminarien beginnt Hartheim seine Befragung:

»Sind dem Herrn Zeugen die Grundsätze der *Alliance Israelite Universelle* bekannt?«

Pascher, ein kleiner, dicker Mann, dessen kugelförmiger Bauch die Knöpfe seiner Anzugweste extremen Belastungen aussetzt, richtet sich auf. Einen Moment lang habe ich fast den Eindruck, er wolle sich die Hand aufs Herz legen, um seine Ausführungen zu unterstreichen: »Ich habe mich sehr eingehend mit den Grundsätzen der *Alliance* beschäftigt und kann bekunden, dass es sich dabei um eine jüdische Versicherungsanstalt handelt. Allerdings eine ganz besondere Versicherungsanstalt.«

»Wie meinen Sie das?«, fragt Hartheim.

»Nun, wenn jemand, sagen wir beispielsweise Herr Schön, jährlich einen Betrag von zehn Kronen bezahlt, dann hat er das Recht, jedes Verbrechen zu begehen, ohne eine himmlische Strafe befürchten zu müssen. Genau so steht es im Übrigen auch im Talmud. Wenn ich die Akten des Herrn Reichsratsabgeordneten Schneider hier hätte, könnte ich Ihnen die betreffende Stelle sogar zeigen.«

»Gibt es Unterlagen, die zeigen, wie viel die *Alliance Israelite Universelle* in einem Jahr einnimmt?«

»Selbstverständlich gibt es die. Aber sie sind streng geheim! Jedenfalls handelt es sich um Millionen! Um Millionen!«

»Es gibt also keine Möglichkeit herauszufinden, wieviel Herr Schön in Wirklichkeit an die *Alliance* bezahlt hat?«

»Ich fürchte, nein. Er wird es uns selbstverständlich nicht sagen. Ich bin aber überzeugt, dass, wenn Oberrabbiner Hildesheimer zu Herrn Schön gehen würde und von ihm fünftausend Kronen haben wollte, er sie sofort erhielte.«

Ich habe diesen Zeugen so lange gewähren lassen, damit er sich möglichst tief in seine abstrusen Verschwörungstheorien verstrickt – um ihn dann, im Kreuzverhör, so richtig vorzuführen. Aber mein Plan wird durchkreuzt, der Vorsitzende ergreift das Wort:

»Herr Zeuge«, weist er Pascher an, »es kommt hier nur darauf an, ob Sie aus eigener Wahrnehmung etwas darüber wissen, dass die *Alliance* den Herren Schön und Kühn den Auftrag erteilt hat, kriegsunbrauchbare Gewehrschlösser zu liefern, damit Österreich-Ungarn zertrümmert und die jüdische Weltherrschaft errichtet werden kann.«

Darauf erwidert Pascher, wieder im Brustton der Überzeugung: »Ein direkter Nachweis lässt sich darüber natürlich nicht führen. Das ist schließlich ein jüdischer Geheimbund. Aber ich bin überzeugt, dass es sich genauso verhält. Es geht auch weit über Waffen hinaus. Die ganze Wirtschaft wird von den Juden unterwandert. Schön liefert schlechte Waffenbestandteile, ein anderer Jude liefert schlechte Schuhe, wieder ein anderer liefert schlechte Konserven. Gesichert ist nur, dass der Jude Dreyfuss den Russen verfaultes Getreide geliefert hat. Aber so ein Nachweis gelingt nur ganz selten. Im Grunde beweist gerade das Fehlen von Beweisen, wie ausgeklügelt und gefährlich die weltweite Verschwörung der Juden ist!«

Der Vorsitzende fragt: »Herr Zeuge, wollen Sie damit behaupten, dass der Kläger und Herr Dreyfuss in Paris unter einer Decke stecken?«

Pascher, der diesen Einspruch des Vorsitzenden Richters offensichtlich als Ansporn auffasst, beugt sich so weit vor, wie es sein Bauch zulässt: »Ich möchte das Hohe Gericht in Kenntnis setzen, dass die Unterwanderung des öffentlichen Lebens durch Juden bereits weit fortgeschritten ist. Jüdische Kaufleute, Bankiers, Offiziere, sie stecken alle unter einer Decke. Sie schanzen sich gegenseitig Vorteile und Aufträge zu. Sie haben einen Staat im Staat errichtet. Und am gefährlichsten ist diese Unterwanderung im Bereich der Armee. In Paris gibt es bereits mehr als fünfhundert jüdische Offiziere. Auch bei uns befinden sich viele Juden beim Militär, einige haben sich sogar taufen lassen, um unauffällig Karriere machen zu können. Aber das ändert gar nichts. Das Judentum ist ja schließlich keine Religion, sondern eine Rasse. Die Juden tarnen sich. Sie verbergen sich in Geheimbünden. Sie wirken im Dunkeln und warten auf den Tag, an dem die jüdische Weltherrschaft errichtet wird.«

»Euer Ehren!«, erhebe ich mich. »Ich habe lange geduldig zugehört. Aber mittlerweile ist die Grenze des Erträglichen längst überschritten! Schließlich befinden wir uns in einem Gerichtssaal und in keiner Geheimloge, ohne dass ich damit etwas gegen Geheimlogen gesagt haben möchte. Aber hier sollte es um Tatsachen gehen, nicht um Verschwörungstheorien, die, mit Verlaub, sehr weit hergeholt erscheinen. Ich bitte das Gericht, dem Zeugen ein paar Fragen stellen zu dürfen.«

Der Richter gewährt mir dies mit einem Kopfnicken.

»Herr Zeuge«, sage ich, »gibt es irgendeinen konkreten Hinweis für diese angebliche Verschwörung; und nicht zuletzt, gibt es irgendeinen konkreten Hinweis, dass mein Mandant, Herr Kommerzialrat Schön, daran beteiligt ist? Irgendeinen?«

»Den gibt es sehr wohl!«, ereifert sich Pascher. »Es gibt sogar viele Hinweise. Im Buch eines russischen Publizisten, mir fällt der Name eben nicht ein, wird bewiesen, dass die Kehillahim, die jüdischen Gemeindeorganisationen, allesamt Teil der jüdischen Weltverschwörung sind und von der *Alliance Israelite Universelle* gesteuert werden.

Die Freimaurerei ist eine weitere Deckorganisation der Juden. Alle nichtchristlichen Strömungen seit der Antike, die Gnostiker, die Assassine, die Illuminaten, die Freidenker, sie alle gehören einer einzigen weltumspannenden Verschwörung unter jüdischen oder satanischen Vorzeichen an.«

Pascher wirkt völlig aufgedreht, bekommt kaum Luft, seine Augen blitzen hinter seinen dicken Brillengläsern. Er sieht mich triumphierend an, als wollte er sagen: »Das hätten Sie nicht gedacht!«

»Euer Ehren«, wende ich mich an den Vorsitzenden Richter, »könnten Sie den Zeugen belehren, dass er hier keine Reden schwingen soll, sondern einfach auf die Fragen antworten?«

»Aber das tue ich doch die ganze Zeit!«, echauffiert sich Pascher, ohne die Anweisung des Richters abzuwarten. »Die Zeichen sind sichtbar für jeden, der sehen will!«

Der Vorsitzende, Landesgerichtsdirektor Wies von Wieselburg, schüttelt betrübt seinen Kopf. »Herr Advokat«, sagt er, »ich denke, es ist besser, wenn wir diesen Zeugen ohne weitere Fragen entlassen. Selbst wenn Sie mit Engelszungen redeten, ist von ihm keine Antwort zu erwarten.« Wenig zufriedengestellt setze ich mich.

Nach Pascher sagt Professor Dr. Joachim Lazarus als Zeuge aus. Er sei, sagt er, Anthropologe und lehre an der Universität Wien. In dieser Eigenschaft erforsche er menschliches Verhalten. Er werde auch immer wieder von verschiedenen Ministerien herangezogen, wenn etwa Reaktionen der Bevölkerung auf bestimmte Vorhaben der Regierung eingeschätzt werden sollen.

Auf die Frage des Oberstaatsanwalts, ob sich die *Alliance* auch politisch engagiere, sagt er: »Ich war sechs Jahre lang zweiter Vorsitzender des Wiener Zweigvereins der *Alliance Israelite Universelle*. Es ist richtig, dass es bei der *Alliance* neben der Arbeit im Bereich der Wohltätigkeit auch eine politische Komponente gibt.«

»Und wodurch«, hakt der Staatsanwalt nach, »ist diese politische Komponente zum Ausdruck gekommen?«

»Die *Alliance*«, führt Professor Lazarus aus, »hat es stets als ihre Aufgabe erachtet, durch Petitionen dahin zu wirken, dass in Ländern auf niedriger Kulturstufe die Verfolgungen, denen Juden dort ausgesetzt sind, aufhören. Die Hauptaufgabe der *Alliance* ist es jedoch, der Wohltätigkeit, der Unterstützung, der intellektuellen und moralischen

Hebung der zurückgebliebenen Stände zu dienen. Zu diesem Zweck werden Schulen gegründet und Hilfestellungen geleistet. Die gesamte Tätigkeit der *Alliance* zielt darauf ab, arme, bedrückte, wegen ihres Glaubens leidende Menschen zu unterstützen.«

Der Vorsitzende ergreift das Wort: »Halten Sie es für möglich, dass die *Alliance Israelite Universelle* den Auftrag gegeben haben könnte, Österreich-Ungarn zu vernichten oder jedenfalls zu unterminieren, um die jüdische Weltherrschaft zu errichten?«

»Die *Alliance*«, erwidert Lazarus, »unternimmt alles, um den Elenden zu helfen. Sie würde niemals etwas tun, das anderen Menschen schaden könnte. Das einzige Ziel ihrer Petitionen ist es, die Lebensumstände jüdischer Menschen zu verbessern. Die Anschuldigungen, die ich natürlich kenne, sind in meinen Augen die Ausgeburt einer extremen, ja, pervertierten Phantasie. Sollte ich mich nicht nur als Zeuge, sondern als psychologischer Sachverständiger äußern wollen, würde ich sagen: Selbst das äußerste Maß an Verleumdungssucht und Bosheit würde nicht ausreichen, einen solchen Gedanken zu fassen, wenn nicht noch der Wahnwitz hinzukäme.« Der Vorsitzende scheint mit der Antwort zufrieden zu sein, setzt aber dennoch nach: »Halten Sie es für möglich, dass die Firma Schön & Co von der *Alliance* den Auftrag erhalten hat, unbrauchbare Gewehre zu liefern?«

»Ich bin«, antwortet Professor Lazarus, »schon seit einigen Jahren nicht mehr im Vorstand der *Alliance* und habe mit der Führung der Geschäfte nichts mehr zu tun. Ich halte es aber für unmöglich und erkläre, dass mir etwas Derartiges weder mittelbar noch unmittelbar, weder schriftlich noch mündlich jemals zu Ohren gekommen ist. Die *Alliance* verfolgt ausschließlich wohltätige Zwecke.«

Endlich darf der Advokat des Angeklagten seine Fragen stellen. Man hat ihm seine Ungeduld bei den Antworten Lazarus' deutlich angesehen.

»Es ist für mich überaus interessant, ja geradezu beredt, dass der Zeuge bekundet hat, dass die Juden aller Länder eine internationale politische Vereinigung gebildet haben. Das ist vor allem deshalb so interessant, weil das sonst nach dem Gesetz verboten ist. Was sagen Sie dazu, Herr Zeuge?«

Lazarus erklärt, er als Wissenschaftler könne diese Frage, die nach seiner Meinung juristisches Wissen erfordere, nicht beantworten. Er wolle jedoch klarstellen, dass die *Alliance* keinesfalls eine politische

Vereinigung sei, sondern eine karitative. Das, was man allenfalls politisch nennen könnte, finde ausschließlich im Rahmen der Bemühungen statt, das Los armer Menschen zu verbessern.

Der nächste Zeuge, Sanitätsrat Dr. Franz Neumann, führt aus: »Von einer formalen, innigen Verbindung zwischen dem Zentralkomitee der *Alliance Israelite Universelle* und den Lokalkomitees der einzelnen Länder kann keine Rede sein. Der Verein ist 1860 in Paris ins Leben gerufen worden zu dem Zweck, denjenigen Juden, die sich in prekärer Stellung befinden, zu einem Fortschritt in moralischer und geistiger Beziehung zu verhelfen, jedem Juden, der in seiner Eigenschaft als Jude leidet, Beistand zu leisten und alle Schritte, die dieses Bestreben fördern können, zu unterstützen. Die Lokalkomitees, die nicht bloß in Europa, sondern auch in Amerika gegründet wurden, sind weiter nichts als Kassenstellen des Zentralkomitees, dessen Mitglied ich seit 22 Jahren bin.«

»Nun«, erwidert Dr. Hartheim, »Sie können hier natürlich behaupten, was Sie wollen – wahrer wird es dadurch nicht.«

Doch Neumann lässt sich nicht provozieren: »Die Tätigkeit der *Alliance* wird durch halbjährliche Berichte offengelegt, und zwar so offen wie bei fast keinem anderen Verein. Der Großteil der Mittel, fast achtzig Prozent, wird für Schulen verwendet, und die großen Erfolge der *Alliance* auf diesem Gebiet haben sich mittlerweile bis zum Orient herumgesprochen.«

»Nun«, insistiert Hartheim, »da müssen wir uns wohl auf Ihr Wort verlassen. Selbst wenn von dieser Seite gleichzeitig alles unternommen wird, Österreich-Ungarn zu schaden!«

»Was die behauptete Order der *Alliance* an Herrn Schön oder die Firma Schön & Co zur Wehrlosmachung der k.u.k. Armee betrifft, so ist mir eine engere Beziehung des Herrn Schön zur *Alliance* völlig unbekannt. Es werden von seiner Firma jährlich 10 Francs als Beitrag erhoben. Herr Kommerzialrat Schön wird nicht einmal in den Listen der *Alliance* geführt. Und«, fügt er, nun doch leicht erregt, hinzu, »dass der Talmud den Juden jedes Verbrechen gegen Christen gestatte, ist eine Lüge!«

Der Angeklagte Holomek erhebt sich: »An diesen Zeugen habe ich keine Fragen, man sieht ja, dass er Partei ist. Meine Zeugen wurden ja abgelehnt.«

Darauf erwiderte der Vorsitzende schroff: »Dann hätten Sie zumindest den Talmud mitbringen und die betreffende Stelle hier zeigen sollen.«

Der Angeklagte wirkt erstmals in diesem Verfahren erregt: »Herr Rat! Dass die Zeugen nichts gegen die *Alliance* sagen werden, ist doch keine Überraschung.«

Das wieder empört den Vorsitzenden: »Herr Abgeordneter, Sie scheinen einen seltsamen Begriff von der Heiligkeit des Eides zu haben. So heruntergekommen sind wir noch lange nicht, dass hier Zeugen Meineide schwören, nur um Sie mundtot zu machen. Sie scheinen das aber zu glauben. Und leider scheint dieser Glaube, soweit man das aus den unsäglichen Briefen, die ich tagtäglich erhalte, schließen kann, auch bei einigen Ihrer Parteigänger verbreitet zu sein.«

## — XIII —

**BEI JEDEM PROZESS GIBT ES EINEN PUNKT,** in dem alles in Stillstand zu geraten scheint, so, als würde jeder, der an der Verhandlung teilnimmt, selbst die Gerichtskiebitze, plötzlich in einen lähmenden, fast katatonischen Zustand fallen. Der Richter vermittelte den Eindruck, sich noch unleidlicher zu fühlen als sonst. Die Anwälte schienen jede Lust verloren zu haben, selbst jene am Streit, was immerhin als das größtmögliche Vergnügen unter Juristen gilt. Der Staatsanwalt hing lustlos seinen eigenen, düsteren Gedanken nach. Selbst der Angeklagte, der bisher hellwach und angriffslustig gewirkt hatte, ergab sich seiner Frustration – ob über den Lauf der Welt oder den Verlauf seines Prozesses, war nicht auszumachen.

Eine allgemeine Verstimmung senkte sich über den Gerichtssaal, gegen die die Willenskraft und Selbstdisziplin der Betroffenen offenbar nichts auszurichten vermochte. Jede affektive Resonanz war verschwunden, aufgesogen wie Regentropfen in einer Sandwüste. Eine lähmende Müdigkeit, die selbst einfachste Aktivitäten zu einer beschwerlichen Anstrengung machte, überzog alles. Auch meine Konzentration war dahin; mein angeborener Defätismus gewann die Oberhand. In diesem Moment war ich mir sicher, dass wir verlieren und mein Mandant am Ende als Betrüger und Staatsfeind dastehen würde.

Ich falle zuweilen in solche Stimmungen. Ich habe dann keinen Appetit, finde, nach einer schlaflosen Nacht, kaum aus dem Bett. Ich verliere jegliches Interesse, nehme nur mehr eingeschränkt wahr, was um mich herum vorgeht. Ich kann mich kaum dazu aufraffen, ins Büro zu gehen. Üblicherweise sind solche depressiven Phasen nach ein paar Stunden wieder vorüber. Manchmal denke ich, dass es die ständigen Lügen sind, die mich so hinunterziehen.

Hartheim überreichte dem Gericht, dem Staatsanwalt und den Vertretern der Kläger mehrere Aktenstücke. Der Richter überflog sie schnell und entschied dann im Interesse der Reichssicherheit, die Öffentlichkeit für einige Zeit auszuschließen. Wir begaben uns ins Richterzimmer, wo wir unsere Roben ablegen durften. Der Richter ließ Wasser und Kaffee servieren. Aber selbst diese Maßnahmen erwiesen sich als nicht hinreichend. Teilnahmslosigkeit, Leere und Abgestumpftheit hatten uns fest im Griff. Die verdrossene Schwunglosigkeit hielt an wie eine Flaute, die sich über einen See senkt und alle Segel erschöpft von ihren Masten hängen lässt.

Die Dokumente selbst waren kaum geeignet, unsere Stimmung aufzuhellen. Hartheim hatte ein Sammelsurium an Abschriften von obskuren Verschwörungsphantasien, Zeitungsartikeln haarsträubenden Inhalts, allesamt unverhohlen antisemitisch, Briefen von Soldaten und Offizieren, die von ihren Erfahrungen mit den Gewehrschlössern der Schön'schen Fabrik berichteten, militärischen Protokollen und sogar Auszügen aus dem Talmud zusammengestellt, die beweisen sollten, dass die jüdischen Überlieferungen auf nichts als Täuschung, Lüge und Betrug basierten. Ich verlangte, dass das Gericht einen Rabbi zum Sachverständigen berufen möge, um zu klären, ob sich diese Absätze überhaupt in den Schriften befänden und wie sie interpretiert werden müssten. Dagegen opponierte Hartheim auf das Entschiedenste, weil, seiner Meinung nach, die Textstellen keine Interpretation zuließen. Und selbstverständlich stammten sie aus dem Talmud; sie seien ja schließlich auch notariell beglaubigt.

Lang und breit wurde auch die Frage diskutiert, warum Schön überhaupt den Auftrag erhalten hatte, die Gewehre von Steyr-Mannlicher mit seinen Verschlüssen auszurüsten. Hartheim und Holomek argumentierten, dass hier Bestechung im Spiel gewesen sein müsse. Die Sachverständigen der Armee hatten sich in öffentlicher Sitzung geweigert, über die Vergabemodalitäten Auskunft zu geben, weil es sich hierbei um militärische Geheimnisse handle. In Wahrheit hatten sie, wie ich vermutete, keine Ahnung gehabt.

Schließlich einigten wir uns darauf, einen sachverständigen Offizier in nicht-öffentlicher Verhandlung die Grundprinzipien des Schön'schen Verschlusses erläutern zu lassen. Zur Überraschung aller wurde ein Oberstleutnant zu diesem Zweck sofort abkommandiert.

Die meiste Zeit verstand ich kein Wort von dem, was er sagte. Holomek stellte ständig Fragen. Zumindest wurde klar, dass eine sogenannte Repetierbüchse imstande war, nach der Schussabgabe durch manuelles Zurück- und Wiedervorschieben des Verschlusses die leere Patronenhülse auszuwerfen und aus einem Magazin eine neue Patrone von hinten in den Lauf zu führen. Bei diesem Vorgang wurde auch das Schloss erneut gespannt. Die Erfindung war relativ neu, und den Ingenieuren der Schön'schen Fabrik war es gelungen, diesen Vorgang noch zu beschleunigen und gleichzeitig sicherer zu machen. Aber wodurch das geschah, erschloss sich mir nicht.

Wir verbrachten Stunden damit, alles zu lesen, dazu Stellung zu nehmen, Einsprüche einzulegen, Argumente vorzubringen, Gegenbeweise zu verlangen; mit einem Wort, wir gingen uns gegenseitig furchtbar auf die Nerven und drehten uns im Kreis. Wir fauchten einander an, warfen uns Behauptungen und Unterstellungen an den Kopf, alles in dieser niedergedrückten Stimmung, die jede vernünftige Auseinandersetzung unmöglich macht.

Als es Abend wurde, waren wir einer Klärung um keinen Millimeter nähergekommen. Wir waren erschöpft, frustriert, verdrossen und froh, diesem unwirtlichen Ort endlich entfliehen zu können. Schön war ganz grau im Gesicht, und vermutlich sah auch ich nicht besser aus. Ich hatte nicht die geringste Lust, ihn zu seinem Wagen zu begleiten; selbst meine Neugier, mehr über diese Frau herauszufinden, hatte sich in der allgemeinen Desillusionierung in Luft aufgelöst.

Ich ging zu Fuß nachhause; langsam, weil auch die Geborgenheit im Kreis meiner Familie keinen Trost, keine Besserung versprach.

## — XIV —

**ICH BIN SCHON RECHT LANGE ADVOKAT.** Ich wollte nie etwas anderes werden. Als ich einmal meinen Vater in seine Kanzlei begleitete, fragte ich ihn, warum er so viel arbeite. Er antwortete: »Damit ich besser werde.«

Damals konnte ich das nicht verstehen. Denn in meinen Augen war mein Vater längst der beste Advokat der Welt. Aber heute, viele Jahre später, ist mir klar, was er gemeint hat. Auch ich habe keine andere Wahl, als immer besser zu werden. Meine Versagensängste zwingen mich dazu. Sie zwingen mich, alles zu tun, damit ich in der Verhandlung nicht überrumpelt werden kann; damit ich so gut vorbereitet bin, dass es praktisch unmöglich ist, mich mit irgendeiner Finte ins Bockshorn zu jagen. Denn ich bin unfähig, souverän zu reagieren, wenn ich auf etwas nicht gefasst bin. Das ist meine Achillesferse als Advokat.

In der Verhandlung um die Schön'schen Gewehrschlösser belastete mich diese Gefahr mehr denn je. Denn ich wusste, wusste es mit letzter, beißender Gewissheit, dass es etwas gab, das sich mir entzog; etwas, auf das ich bisher nicht gekommen war – und das der Schlüssel zu diesem ganzen Fall sein könnte. Ich hatte diesen Eindruck von Anfang an, und dieser Eindruck hatte sich im Laufe der Tage und Monate bis zur Eröffnung des Verfahrens noch verstärkt. Eine Zeitlang war ich überzeugt gewesen, die verschleierte Frau sei das Rätsel; die Bombe, die alles zunichtemachen könnte, was ich Stein für Stein, Argument für Argument, Zeugen um Zeugen aufbauen wollte. Gleichzeitig beunruhigte mich aber das Gefühl, die Frau sei vielleicht nur ein Ablenkungsmanöver, eine selbstgewählte Irritation, die kein anderes Ziel verfolge, als mich etwas Ausschlaggebendes übersehen zu lassen.

Denn da war etwas. Etwas, das mein Mandant zurückhielt. Etwas, das er konsequent vor mir verbarg. Etwas, von dem er sehr gut wusste, wie gefährlich es werden könnte. Etwas, das er mir aber trotzdem verschwieg. Ich hatte keine Ahnung, worum es sich handeln könnte. Aber ich durfte nicht davon ausgehen, dass Holomek darauf verzichten würde, diese Bombe zu zünden, wenn er sie in die Hände bekam. Vielleicht, ja, es war sogar wahrscheinlich, hatte er sie längst in Händen. Und ich wusste nicht, wie ich mich darauf vorbereiten sollte.

Am darauffolgenden Morgen teilt der Vorsitzende mit, er könne mit Genehmigung des Kriegsministers Folgendes zur Kenntnis bringen:

»Aus den in der nichtöffentlichen Sitzung zur Verlesung gelangten Schriftstücken geht hervor, dass bei dem 57. Landwehrregiment in Wiener Neustadt während einer zwölftägigen Übung von 939 Gewehren mit Verschlüssen aus der Schön'schen Fabrik 320 reparaturbedürftig geworden sind. Bei 69 Kammern waren die Einsätze abgesprungen, 21 Schlossteile waren teils defekt geworden, teils ganz gesprungen, 45 Abzugsfedern wurden defekt.«

Dazu, führt der Richter aus, habe Oberstleutnant von Gössnitz Stellung bezogen: »Die erwähnten Schäden sind durchaus normal. Ich bin überzeugt, dass die schadhaft gewordenen Gewehre bei sofortiger Verwendung zumindest zu achtzig Prozent kriegsbrauchbar sind. Im Übrigen betreffen nur wenige Defekte die Verschlussteile, die von Schön & Co produziert wurden. Hier ist nur ein sehr geringer Teil, nämlich 42 von 939, defekt geworden.«

Hartheim protestiert sofort gegen die in seinen Augen einseitige Darstellung der Probleme mit den Gewehrschlössern und verlangt die Einvernahme von Gössnitz'. Der Richter lehnt das ab, die Informationen sprächen für sich. Zwischen ihm und der Verteidigung kommt es fast unaufhörlich zu heftigen Zusammenstößen. Hartheim verlangt ständig neue Zeugen, Wieselburg lehnt ab. Der Staatsanwalt schlägt sich meist auf die Seite der Verteidigung und fordert ebenfalls, die neuen Zeugen zu hören; das Gericht möge sich nicht der Chance begeben, die Wahrheit herauszufinden.

Der Vorsitzende hat kaum eine Wahl, als zähneknirschend nachzugeben. Bei der Einvernahme stellt sich dann allerdings stets heraus, dass die neuen Zeugen nichts Neues zu beeiden haben. Die meisten von ihnen sind nicht einmal in die Nähe der Schön'schen Fabrik oder der Heeresverwaltung gekommen. Aber sie vervollständigen die Verschwörungstheorien um neue, abstruse Details.

Als Nächstes verlangt Hartheim die Zulassung von zusätzlichen Sachverständigen. Der Richter lehnt auch dies ab. Aber jetzt endlich verweigert auch der Staatsanwalt seine Unterstützung – nicht zuletzt, weil die Verteidigung nicht wirklich zu erklären vermag, was diese Sachverständigen genau auszusagen in der Lage sein würden. Doch Hartheim lässt nicht locker.

»Euer Ehren«, fährt er den Landesgerichtsdirektor an, »wie soll das Hohe Gericht zu einem gerechten Urteil gelangen, wenn es keine unabhängigen Sachverständigen anhört?«

»Herr Verteidiger«, weist ihn der Vorsitzende zurecht, »wir haben in diesem Prozess mehr als genug Sachverständigenwissen vorgesetzt bekommen.«

»Euer Ehren!«, ereifert sich Hartheim. »Das waren doch ausschließlich *sogenannte* Sachverständige der Klägerseite. Es waren Sachverständige des Militärs! Und die Personen, die zur *Alliance Israelite Universelle* ausgesagt haben, können Sie doch nicht ernsthaft als glaubwürdig ansehen. Unsere Sachverständigen werden beweisen, dass deren Aussagen einseitig, voreingenommen und sachlich falsch waren!«

»Das Gericht«, erwidert der Vorsitzende, »ist bereits in den Genuss Ihrer *unvoreingenommenen und sachlichen* Sachverständigen gekommen. Es verzichtet!«

»Das ist ungeheuerlich!«, schreit jetzt Hartheim. »Sie beschneiden damit die Rechte der Verteidigung auf das Äußerste. Dass Sie unsere Zeugen diffamieren, beweist, dass Sie voreingenommen sind. Nicht nur die Zeugen der Kläger sind inkompetent und parteiisch, das Gericht selbst ist es!«

Wies von Wieselburg ist sprachlos. Als Hartheim fortfahren will, verbietet sich der Landesgerichtsdirektor jede weitere Äußerung des Verteidigers und zieht sich mit seinen Beisitzern zurück. Nach zwanzig Minuten kehrt er zurück, schiebt die Ärmel seines Talars zurück, ballt seine Fäuste, als bereite er sich auf einen Boxkampf vor, und presst mit mühsam beherrschter Stimme hervor: »Ich kann Ihnen mitteilen, Herr Verteidiger, dass alle Mitglieder des Gerichtshofs über Ihr Verhalten geradezu entrüstet sind. Die Mitglieder des Gerichtshofs sind sich darin einig, dass noch niemals ein Verteidiger in einer Hauptverhandlung derart aufgetreten ist wie Sie in diesem Verfahren.«

Hartheim, nicht mundfaul, verlangt daraufhin den Rücktritt des Vorsitzenden Richters: »Seit diese Verhandlung begonnen hat, wurde die Verteidigung behindert und diffamiert! Noch nie hatte ich vor Gericht derartige Schikanen zu erdulden! Ich verlange, dass die Verhandlung ausgesetzt wird, bis ein neuer Gerichtshof eingesetzt worden ist.« Wies von Wieselburg ist mittlerweile hochrot im Gesicht angelaufen. Es hat den Anschein, als könne er jeden Augenblick einen Herzanfall erleiden. Sein dickes Gesicht bläht sich auf, seine Hängebacken bilden hektisch gerötete Halbkugeln und die Augen treten ihm fast aus den

Höhlen. »Ich erteile Ihnen hiermit einen letzten Ordnungsruf! Mäßigen Sie sich, oder ich muss Sie des Saals verweisen! Ihre Anträge sind abgelehnt. Allesamt!«

Hartheim erhebt sich, von einem Augenblick zum anderen scheint jede Erregtheit von ihm abgefallen zu sein. Nur seinen Händen, die den Talar umklammern, ist die extreme Anspannung anzusehen. Sein Tonfall ist eisig: »Ich erkläre hiermit, dass ich es ablehne, einen Mann weiter zu verteidigen, der nach dieser Ablehnungsbegründung bereits verurteilt ist. Ich stelle mein Mandat ruhig, bis von höherer Stelle über meine Anträge entschieden wird.«

Damit legt er seinen Talar ab und wirft ihn achtlos auf den Schreibtisch. Er dreht sich um und begibt sich zum Ausgang des Gerichtssaals, in dem die Wogen mittlerweile hochgehen. Der Richter schreit: »Sie können Ihr Mandat nicht ruhig stellen! Sie können Ihr Mandat lediglich niederlegen! Haben Sie verstanden?«

Hartheim dreht sich noch einmal um und macht eine wegwerfende Handbewegung. Dann sagt er, was freilich im Tumult, der im Saal ausgebrochen ist, untergeht: »Möge Ihr Urteil ausfallen, wie es wolle, wir fürchten es nicht! Die Berufung wird uns Recht geben!«

Kaum hat Hartheim den Gerichtssaal verlassen, wird sich Wies von Wieselburg des Aufruhrs bewusst, der ausgebrochen ist. Er beginnt wie wild mit seinem Hammer auf den Tisch zu schlagen und schreit: »Ich lasse den Saal räumen! Ich lasse den Saal räumen!«

Staatsanwalt Drescher ist es, der als Erster zu begreifen beginnt, was der Verteidiger eben abgezogen hat: Er will den Prozess platzen lassen. Und obwohl sich Verteidigung und Staatsanwalt bisher bestens verstanden und am selben Strang gezogen haben, ist es überhaupt nicht im Interesse Dreschers, dass ein neuer Prozess anberaumt wird. Denn in diesem Prozess, das ist ihm klar, wird er nicht mehr den Staat vertreten. Er hat mehr als nur den Anschein erweckt, dem Angeklagten Sympathien entgegenzubringen, und sich dadurch diskreditiert.

»Ich beantrage«, ruft er, schnell noch die Seiten wechselnd, »ich beantrage, Herrn Advokaten Hartheim wegen dieser unerhörten Beleidigung zu der höchsten zulässigen Strafe wegen Ungebührlichkeit zu verurteilen!« Der Vorsitzende lässt die letzten Äußerungen des Verteidigers protokollieren; auch er ist sich inzwischen bewusst geworden, dass dieser Prozess wohl nicht mehr zu retten sein wird. Aber noch gibt er sich nicht geschlagen. Nach kurzer Beratung des Gerichtshofs wird Hartheim wegen ungebührlichen Verhaltens zu 100 Kronen Geldstrafe verurteilt.

## — XV —

**WIES VON WIESELBURG VERFÜGTE EINE PAUSE;** das Gericht müsse sich beraten. Er entschied, dass sich alle erst nach dem Mittagessen wieder einzufinden hätten. Vermutlich hoffte er, Hartheim bis dahin zur Rückkehr bewegen zu können.

Niemand hatte in der letzten halben Stunde den Angeklagten besonders beachtet. Jetzt, nachdem der Richter den Saal verlassen hatte, verzog sich sein Gesicht zu einem boshaften Grinsen. In diesem Augenblick wurde mir klar, dass der Eklat geplant gewesen war. Die Verteidigung hatte das Scheitern des Prozesses beschlossen; vermutlich, um sich für eine neuerliche Verhandlung mit besserer Munition zu bewaffnen.

Schön beugte sich zu mir und wollte wissen, was all das zu bedeuten hätte. »Nicht hier!«, flüsterte ich ihm zu. Wir beschlossen, in mein Büro zu fahren, um die Zeit für ein Gespräch zu nützen. Schön, der üblicherweise seine Mittagspause für sich verbrachte (mit seiner Geliebten, wie ich vermutete), war damit einverstanden. Ich beauftragte August, für Kaffee und Kuchen zu sorgen.

»Was passiert jetzt?«, fragte Schön immer wieder. Und ich erläuterte ihm die Alternativen. Der Vorsitzende könnte den Prozess für gescheitert erklären. Das würde bedeuten, dass er neu ausgetragen werden müsse; wohl auch mit neuem Personal, was insofern gut sei, als der Staatsanwalt nicht mehr mit von der Partie sein würde. Wieselburg könnte den Prozess aber auch zu Ende führen. Es sei aber davon auszugehen, dass Hartheim dann in die Berufung gehen würde – und dort gute Chancen hätte, weil er die Sache so darstellen würde, als sei sein Mandant mutwillig seiner Verteidigung beraubt worden.

Pünktlich um 13 Uhr 30 sind alle wieder zur Stelle – fast, denn der Platz des Verteidigers bleibt leer. Schon als das Hohe Gericht den Saal betritt, ist mir klar, dass Wieselburg den Prozess zu Ende bringen will –

um welchen Preis auch immer. Aber mir ist auch klar, dass das Urteil, das schließlich gefällt werden wird, wohl keinen Bestand haben wird.

Der Vorsitzende Richter gibt eine Erklärung ab, warum er den Prozess fortzuführen gedenke: »Nach der Strafprozessordnung«, führt er aus, und man hört seiner Stimme die Unsicherheit, aber auch die Verbitterung an, »nach der Strafprozessordnung kann ein Verteidiger aus verschiedenen Gründen ausgeschlossen werden. Insbesondere ist ein Ausschluss möglich, wenn der Verdacht besteht, der Verteidiger habe sich in dem zugrunde liegenden Verfahren einer Strafvereitelung strafbar gemacht. Genau davon geht das Gericht in diesem Fall aus.«

Er holt tief Luft, sammelt sich, fixiert die Anwälte und das Publikum mit seinen dunklen, eng beieinander liegenden Augen und fährt fort: »Normalerweise«, sagt er, »erfolgt ein solcher Ausschluss auf Antrag der Staatsanwaltschaft. In diesem Fall aber hat der Verteidiger selbst, indem er sich weigerte, weiter an der Verhandlung teilzunehmen, seinen Ausschluss herbeigeführt. Da er sich aber weigerte, als Verteidiger des Angeklagten *zurückzutreten*, sondern erklärte, er wolle sein Mandat lediglich *ruhend stellen*, musste das Gericht eine Entscheidung treffen.«

Der Vorsitzende räuspert sich, dreht den Kopf zu den beiden Beisitzern, die ich in diesem Verfahren noch nie so hellwach gesehen habe, jedenfalls nicht gleichzeitig, und fährt mit erhobener Stimme fort: »Denn die *Ruhendstellung* eines Mandats ist nach der Strafprozessordnung gar nicht möglich. Die Weigerung des Herrn Verteidigers, an der Verhandlung teilzunehmen, allenfalls auch unter Protest, aber ebenso seine Weigerung, sein Mandat niederzulegen und damit die Möglichkeit zu eröffnen, einen anderen Verteidiger einzusetzen, kann daher nur so verstanden werden, dass die Verteidigung versucht, den Prozess scheitern zu lassen. Dem wollte und wird dieses Gericht nicht nachkommen.«

Der Vorsitzende greift nach einem Glas Wasser, das vor ihm auf dem Richtertisch steht, und trinkt einen kleinen Schluck daraus. Dabei gerät ihm ein wenig Flüssigkeit in die Luftröhre, was einen Hustenanfall zur Folge hat. Danach ist die Stimme des Vorsitzenden dünn und krächzend:

»Dieses Gericht«, sagt er, mühsam um seine Stimme ringend, »ist vielmehr der Auffassung, dass das einzige Verfahrenshindernis, das die Einstellung des Verfahrens herbeiführen könnte, der Herr Verteidiger selbst ist. Das Gericht hat deshalb die Ausschließung des Advokaten Dr. Hagen von Hartheim von diesem Prozess beschlossen.«

Sofort brandet im Saal heftiges, von Unmut getragenes Getuschel auf. Ein Brummen und Knistern setzt ein, ein Rascheln und Rauschen, ein Summen und Dröhnen, und selbst nachdem der Vorsitzende den Tisch mit seinem Hammer malträtiert hat, wird es nicht ganz still im Gericht; nach wie vor herrscht Unruhe, wird geflüstert, kratzen Stühle über den Boden, scharren Füße. Nur der Angeklagte bleibt, so scheint es, angesichts der ganzen Aufregung völlig gelassen.

»Nun sind«, fährt der Richter endlich fort, »die Verteidigerhandlungen nach der Natur der Sache auf die Entlastung des Beschuldigten gerichtet. Natürlich stellt nicht jedes Verteidigerhandeln eine versuchte Strafvereitelung dar. Ein Verteidiger macht sich wegen einer Strafvereitelung nur strafbar, wenn er absichtlich oder wissentlich falsch vorträgt oder absichtlich und wissentlich auf das Scheitern der Verhandlung abhebt. Genau dies scheint uns hier gegeben zu sein.«

Wieder macht er eine Pause, räuspert sich, hoffend, dass seine Stimme ihre gewohnte Kraft zurückbekäme. Gleichzeitig wirft er böse, warnende Blicke in den Saal, um Ruhestörer sofort ausfindig machen und aus dem Gerichtssaal entfernen zu können.

»Es wird zuweilen behauptet, dass die Staatsanwaltschaft und die Gerichte unliebsame Verteidiger mittels des Vorwurfes der Strafvereitelung gängeln und disziplinieren wollen. Dies ist jedoch nicht der Fall, und in diesem Prozess schon gar nicht. Das Gericht hat die Verhandlung unterbrochen und dem Herrn Verteidiger jede Möglichkeit gegeben, seine Entscheidung zu überdenken und an den Verhandlungstisch zurückzukehren.«

Wieselburg nimmt das Wasserglas in die Hand, entscheidet sich letztlich aber dagegen, daraus zu trinken. Das Risiko, nochmals Wasser in die Luftröhre zu bekommen, ist ihm offenbar zu groß.

»Herr Dr. Hartheim hat diese Möglichkeit aber nicht ergriffen«, kommt der Vorsitzende schließlich zum Ende seiner Erklärung. »Um die Verteidigung sicherzustellen, hat das Gericht dem Angeklagten angeraten, einen anderen Verteidiger zu benennen oder einen Pflichtverteidiger zu akzeptieren. Beides hat der Angeklagte ausdrücklich abgelehnt. Dennoch wurde ein Verteidiger bestellt, um die Integrität dieses Gerichts zu wahren.« Wies von Wieselburg wirkt nun völlig ausgelaugt. Er scheint sich bewusst zu sein, dass er gegen

Windmühlenflügel kämpft. Seine Entscheidungen würden, das steht für ihn außer Frage, von höheren Gerichten nach allen Regeln der Kunst zerpflückt werden, und er weiß, dass es äußerst ungewiss ist, ob sie Bestand haben werden. »Als neuer Verteidiger des Angeklagten wurde Herr Senatsrat Dr. Franz Bäuerle vereidigt. Der Prozess wird fortgesetzt.«

## — XVI —

**ÜBER DEN SAAL SENKT SICH EINE SELTSAME,** gespenstische Stille. Einen Augenblick lang glaube ich, etwas wäre mit meinen Ohren nicht in Ordnung. Der nächste Gedanke, der mir in den Kopf schießt, ist, die Leute hätten sich unbemerkt aus dem Staub gemacht. Ich wage nicht, mich umzudrehen und nachzusehen. Ich habe noch nie erlebt, dass die Leute derart still auf ihren Stühlen ausharren. Selbst dem Richter muss aufgefallen sein, dass hier irgendetwas nicht stimmt. Mit seinen Beisitzern ist er der einzige, der den ganzen Saal überblicken konnte. Er muss also ganz genau wissen, was da vor sich geht. Aber auch er scheint von dieser seltsamen Erstarrung erfasst worden zu sein. Er sagt nichts, er tut nichts; er hat offensichtlich den Faden verloren.

Endlich rafft er sich auf und wiederholt mit schnarrender Stimme: »Der Prozess wird fortgesetzt. Ich bitte den Herrn Staatsanwalt um seine Schlussrede.«

Drescher erhebt sich umständlich, richtet seinen Talar, der bereits tadellos fällt, und beginnt zu sprechen: »Der Angeklagte hat Behauptungen aufgestellt, die geeignet sind, das Vertrauen in unsere Heeresverwaltung zu erschüttern, die Disziplin im Heer zu untergraben, das Vertrauen der Soldaten zu ihrer Waffe zu unterminieren. Ja, schlimmer noch, die Behauptungen des Angeklagten sind geeignet, das Ansehen der k. u. k. Armee im Ausland auf das Äußerste herabzusetzen.«

Er blickt in den Saal, als wolle er sich von dort Zustimmung zu seinen Ausführungen holen. Aber was immer er sieht, es scheint ihn gehörig zu irritieren. Was genau es ist, kann ich nicht ausmachen; denn noch verbiete ich es mir, mich umzudrehen und selbst nachzusehen. Und so kann ich nicht wirklich sagen, ob der Saal völlig leer ist oder die Leute an Sauerstoffmangel zugrunde gegangen sind und nun leblos in ihren Sitzen hängen. Beide Vorstellungen sind so absurd, dass ich sie sofort abschüttle und mich zwinge, mich wieder zu konzentrieren.

»Der Angeklagte«, fährt Drescher fort, und seiner Stimme, ja seiner ganzen Haltung ist die Verunsicherung anzusehen, die ihn gepackt hat; er nimmt sogar sein Manuskript in die Hand, als müsse er etwas haben, an dem er sich festhalten kann. »Der Angeklagte nimmt für sich in Anspruch, im berechtigten Interesse gehandelt zu haben. Ich bin aber nicht in der Lage, ihm diesen Schutz zuzubilligen. Wohl hat sich der Angeklagte redlich bemüht, die von ihm erkannten Missstände den Behörden zur Kenntnis zu bringen. Und anzuerkennen ist auch, dass der Angeklagte, als niemand seinen Hinweisen folgte, sich in einer Art Notwehrsituation wähnte. Doch hat er mit seinen Behauptungen deutlich übers Ziel geschossen.«

Er unterbricht sich. Sein Blick ist auf die Seite, die er in der Hand hält, geheftet, als wolle er unter allen Umständen vermeiden, woandershin als auf seine Notizen zu schauen. Von diesem Augenblick an spricht er nicht mehr frei, sondern liest vom Blatt. Ich hatte das bei ihm noch nie beobachtet; er war stolz darauf, völlig frei sprechen zu können. Und tatsächlich ist das geradezu ein Berufserfordernis für Juristen.

»Andererseits«, fährt er fort, als er die entsprechende Stelle endlich gefunden hat, »andererseits darf nicht vergessen werden, dass der Angeklagte ein eifriger Agitator einer Partei ist. Jeder Partei, selbstverständlich auch der Alldeutschen Vereinigung, muss das Recht zugestanden werden, öffentlich Missstände zur Sprache zu bringen, zu kritisieren und zu tadeln. Aber jede Parteibestrebung darf dabei eine Grundlage nicht verlassen: die Grundlage der Wahrheit und Wahrhaftigkeit.«

Drescher nimmt das mit Wasser gefüllte Glas auf seinem Pult und trinkt daraus. Auch während der Pause, die dadurch entsteht, bleibt es im Gerichtssaal unnatürlich still. Während sich sonst die Leute auf ihren harten Sesseln bewegen, sich räuspern, mit dem Nachbarn flüstern, husten, niesen, nach irgendetwas suchen, verhalten sie sich heute vollkommen reglos. Was immer Drescher gesehen hat, als er zu Beginn seines Plädoyers in den Saal schaute, es beunruhigt ihn nicht nur, vielmehr scheint es ihm einen Schrecken einzujagen. Das Glas, aus dem er getrunken hat, klirrt, als er es abstellt. Drescher zittert wie Espenlaub.

Schließlich rafft er sich auf. Er räuspert sich; er gibt sich sichtbar einen Ruck: Das Pflichtbewusstsein siegt über seine unübersehbare Bestürzung. Dennoch bleibt sein Vortrag völlig uninspiriert; Drescher liest mit monotoner Stimme, betont nichts, hebt nichts hervor, verzichtet auf jeglichen Wechsel in der Lautstärke oder Stimmhöhe.

»Der Grundsatz der Wahrheit und Wahrhaftigkeit«, liest er, »muss auch in der Politik und für Politiker gelten. Es muss mit gesetzlichen Mitteln und mit politischem Ernst gekämpft werden! Eine Parteibestrebung, die auf Übertreibungen und Unwahrheiten fußt, kann den Schutz des Gesetzes nicht für sich in Anspruch nehmen. Ohne auf den Angeklagten zu exemplifizieren *(bei diesem Wort stolperte er, fast wäre er ins Stottern geraten)*, ist festzustellen: Politische Skandalmacher, denen nur daran gelegen ist, Aufsehen zu erregen, werden ihrer Partei mehr schaden als nützen, ja, sie sind ein Schaden der Volksvertretung.«

Wieder macht er eine Pause. Mittlerweile hat er sich so nach vorne gedreht, dass seine Worte ausschließlich an das Hohe Gericht gerichtet werden und er nicht einmal in Versuchung kommen kann zu schauen, was sich hinter ihm abspielt.

»Zugunsten des Angeklagten«, fährt Drescher, alle Kraft zusammennehmend, fort, »spricht die Tatsache, dass es in der Schön'schen Fabrik tatsächlich zu verschiedenen Unregelmäßigkeiten gekommen ist, und dass der Angeklagte die von ihm in Wort und Schrift verbreiteten Behauptungen von Arbeitern der Fabrik erhalten hat, die ihn aber, wie wohl festgestellt werden muss, teilweise angelogen, jedenfalls aber stark übertrieben haben. Das ist, was zu seinen Gunsten spricht.«

Drescher rafft seinen Talar zusammen, als würde er frösteln. Er richtet seine Augen auf Wieselburg und seine beiden Beisitzer, von denen der eine den gewohnten starren Blick hat, der andere gar keinen; Muncker hält die Augen wie üblich geschlossen und vermittelt den Eindruck, tief und fest zu schlafen. Auch von dieser Seite gibt es also keine Reaktion; nicht den geringsten Hinweis, dass den Ausführungen auch nur gefolgt werde, geschweige denn, dass sie hinter dem reich geschnitzten Eichentisch unter Doppeladler und Kruzifix mit Wohlwollen aufgenommen würden.

Der Staatsanwalt fährt, wenn auch unter Aufbietung seiner letzten Kräfte, fort: »Die Überreichung der Publikation ›Die Juden-Schlösser‹ an den Herrn Polizeipräsidenten konnte nicht eine Strafanzeige im strafprozessualen Sinn darstellen. Dem Angeklagten musste klar sein, dass der Polizeipräsident sie als eine Agitationsschrift ansehen würde – und als nichts anderes. Es werden in der Broschüre die schwersten Vorwürfe gegen achtbare Personen erhoben, gegen einen ehemaligen Offizier, der in Ehren aus der Armee geschieden ist, ferner gegen eine Reihe hoch angesehener Militärbeamter und die Büchsenmacher, gegen die, soweit bekannt, nie etwas vorlag. Es lässt sich auch nicht leugnen, dass der Angeklagte seine Vorwürfe erhoben hat, obwohl er sich sagen musste, dass sie geeignet sind, privates und öffentliches Vermögen in empfindlicher Weise zu schädigen. Er musste sich auch sagen, dass er das öffentliche Interesse durch seine Handlungsweise in Misskredit gebracht hat. Auch der Handel hat durch die Broschüre Schaden erlitten, denn die Broschüre ist bis in die fernsten Länder gelangt und hat dort das Ansehen Österreich-Ungarns herabgesetzt.«

Wieder unterbricht er sich, offenbar kaum noch in der Lage fortzufahren. Noch immer ist es totenstill im Saal; auch mich, der ich nichts tun muss als zuzuhören, irritiert diese Geräuschlosigkeit, dieser völlige Mangel an jenen Entäußerungen, denen sich Menschen normalerweise nicht entziehen können. So sehr ich Drescher verabscheue – jetzt tut er mir fast leid. Denn er kämpft nicht nur gegen die Leere des Saales an, sondern gibt sich auch größte Mühe, sich von seinem bisherigen, von größtem Verständnis für den Angeklagten gekennzeichneten Gebaren zu distanzieren. Man merkt, dass er geradezu um Exkulpierung für diese frühere Haltung fleht, die, wie es sich aus seiner Sicht wohl darstellen muss, schnöde missbraucht worden ist.

Hingegen, es bleibt im Saal still und starr, die Ausführungen des Staatsanwalts verhallen scheinbar ungehört.

»Die schwerste Schädigung«, sucht er endlich zum Schluss zu kommen, »die schwerste Schädigung aber ist die Schädigung des Ansehens unseres Heeres und der militärischen Disziplin. Der eklatanteste Beweis dafür ist die Tatsache, dass eine Militärperson es gewagt hat, Urkunden zu stehlen und dem Angeklagten in die Hände zu spielen. Diese Person hat dem Angeklagten den denkbar schlechtesten Dienst erwiesen, denn sie hat ihm nicht genützt, es war damit nichts bewiesen, aber es hat gezeigt, wie weit die durch die Schandschrift des Angeklagten angeprangerte Demoralisierung schon gediehen ist.

Am ersten Tag dieser Verhandlung habe ich es begrüßt, durch öffentliche Verhandlung dem Kaiserreich und ausländischen Mächten zu demonstrieren, wie wenig wahr der Inhalt der Broschüre ist. In diesem Sinne war die öffentliche Verhandlung von Nutzen, denn es hat sich herausgestellt, dass, was der Angeklagte über die Kriegsbrauchbarkeit unserer Waffen gesagt hat, nicht den Tatsachen entspricht. Klar liegt vor unser aller Augen: Unsere Waffen sind gut und werden sich auch bewähren, wenn es einmal darauf ankommen sollte.

Wenn der Angeklagte in kleinlicher Furcht Gefahren und Niederlagen sieht, so antworte ich ihm im Gegenteil: Fester, als der Angeklagte es wähnt, steht das Gefüge unseres Reiches und das Haus unseres Herrschers! Ich beantrage gegen den Angeklagten ein Jahr und sechs Monate Gefängnis, ausgesetzt zur Bewährung, Publikationsbefugnis für die Nebenkläger und die in ihrer Ehre beleidigten Büchsenmacher.«

## — XVII —

**OBERSTAATSANWALT ALFRED DRESCHER SETZT SICH** nicht, er sinkt regelrecht in sich zusammen. Mit seinem letzten Wort scheint die Schockstarre, die den ganzen Saal in Atem hält, auch ihn befallen zu haben. Er besitzt nicht einmal mehr die Kraft, sich den Schweiß von der Stirn zu wischen. Selbst der Richter, ein Mensch, der ganz sicher nicht zu Gefühlsduselei neigt, lässt ungewöhnlich viel Zeit verstreichen, ehe er sich aufrafft, dem Staatsanwalt für seine Ausführungen zu danken und das Wort dem neuen Verteidiger Gerwald Holomeks zu erteilen.

Doch kaum hat sich dieser erhoben, springt der Angeklagte auf und verbietet sich die Verteidigung durch diesen, wie er ihn nennt, »Politbüttel«. Er werde, wenn auch unter Protest, für sich selbst sprechen. Denn durch den Ausschluss Dr. Hartheims sei ihm eine adäquate Verteidigung unmöglich gemacht worden – was ja wohl in der Absicht des Gerichts gelegen sei.

»Aber«, ruft er theatralisch in den Saal, »Sie werden mich nicht mundtot machen! Ich werde die Wahrheit hinausschreien bis zu meinem letzten Atemzug!«

Der Gerichtshof gestattet es dem Angeklagten unverzüglich, sich selbst zu äußern. Senatsrat Bäuerle, der verhinderte Verteidiger, nimmt schulterzuckend wieder Platz. Dass Holomek sich selbst verteidigen will, hält er zwar für eine Eselei – aber es geht ihn nichts an, und schon gar nicht würde er etwas dagegen unternehmen. Es ist nicht sein Problem, wenn sich jemand selbst eine Grube graben will.

Holomek hebt zu einer fast zweistündigen Verteidigungsrede an. Man merkt ihm die Routine des erfahrenen Parlamentariers an; er hält seine Rede ohne Manuskript, in dem für ihn üblichen Plauderton, mit dem er all die Ungeheuerlichkeiten, die er ausspricht, in Watte packt. Er ist auch der Einzige, für den es keine ganz ungewöhnliche Situation wäre, vor leeren Reihen zu plädieren. Aber die Reihen sind gar nicht leer; der Saal ist bis auf den letzten Platz gefüllt; die Leute hängen bloß in ihren Sitzen wie Tote.

Jetzt weckt Holomek sie auf. Irgendwann, aber viel zu spät, geht mir auf, dass auch die unerträgliche Stille zur Inszenierung gehört haben könnte; und dass es Holomek gar nicht darauf angelegt hat, das Hohe Gericht zu überzeugen, als vielmehr seine Leute. Der Pöbel auf den Bänken, der schon bisher für einige Unruhe gesorgt hat, das sind seine Wähler! Sie will er in erster Linie erreichen! Mit einem ungünstigen Urteil würde er schon irgendwie fertig werden. Ja, vielleicht würde es sich sogar noch als Glück erweisen, sich öffentlich als Märtyrer darstellen zu können!

Wäre mir klar gewesen, wie viele Vertreter von Revolver- und Klatschblättern sich im Gerichtssaal befanden, wäre mir Holomeks Strategie vielleicht schon früher aufgegangen. Aber ich war so damit beschäftigt gewesen, meine Rolle als Advokat zu spielen, dass ich völlig übersehen hatte, was tatsächlich vor sich ging. Ich hatte die Öffentlichkeit ignoriert, und dieses Versäumnis sollte sich nun rächen.

Nachdem sich Holomek lang und breit über die Ungerechtigkeit des Gerichtssystems im Allgemeinen und seines Verfahrens im Besonderen ausgelassen hat, kommt er endlich zur Sache.

»Durch das Zeugnis mehrerer Arbeiter hier in diesem Gericht ist erwiesen, dass die wenigen Revisoren, die unter dem Büchsenmacher Kirchner gearbeitet haben, bei ihren Kontrollen durchaus nicht zuverlässig vorgegangen sind. Ganz und gar nicht. Die Wahrheit ist vielmehr, dass die jungen Sekondeleutnants, von deren Ankunft man immer schon im Vorhinein gewusst hat, leicht getäuscht werden konnten. Es ist auch erwiesen, dass bei der Herstellung des Verschlusses mehrere gänzlich unzulässige Verfahren angewendet worden sind. Und es ist ferner über jeden Zweifel hinaus erwiesen, dass die Büchsenmacher bestochen worden waren. Die Einvernahme des Oberbüchsenmachers Kirchner hat hier eindeutige Erkenntnisse erbracht. Es ist völlig undenkbar, dass der Jude Schön nichts davon gewusst haben will, da doch die Summen, die an die Büchsenmacher bezahlt wurden, durch seine Bücher gegangen sein müssen – oder vielleicht doch eher an den Büchern vorbei? Ob so oder so, der Jude Schön muss es gewusst haben.«

Nach wie vor bedient sich Holomek bei seiner Hetze – anders kann ich seinen Schlussvortrag nicht einordnen – eines überaus konzilianten Tons. Schwer auf seinen Stock gestützt steht er hinter dem Tisch des Beklagten. Er lächelt unentwegt. Mit ein wenig Phantasie kann man dieses Lächeln freilich als pure Missachtung interpretieren. Und nur der Richtersenat kann mit dieser Despektierlichkeit gemeint sein. Wie ich ihn da stehen sehe, kann ich mir Holomek gut vorstellen, wie er sich im Parlament vor den Repräsentanten der Regierung aufpflanzt und dem Regierungschef und den Ministern ins Gesicht lacht – ohne dass diese irgendeine Möglichkeit hätten, ihn dafür zur Verantwortung zu ziehen.

»Die Beweisaufnahme«, fährt Holomek fort, »hat alle in meinem Buch aufgezeigten Tatsachen bestätigt, und nur die Schlussfolgerungen, die ich daran geknüpft habe, sind nicht erwiesen – und können angesichts der Lügen, die in diesem Gerichtssaal geäußert wurden, vielleicht auch nie bewiesen werden. Was sind die Fakten? Die Kontrolleure der Armee sind Vertraute des Oberstleutnants Cohn, der sich jetzt *Kühn* nennt. Sie haben regelmäßig Geld von der Schön'schen Fabrik erhalten. Wie anders als Bestechung soll man das nennen? Und das wäre auch mit harten Fakten zu untermauern gewesen, hätte nicht ein voreingenommenes Gericht alle Zeugenaussagen und Sachbeweise von vornherein unterbunden.«

Ich kann nicht sagen, wann genau mir bewusst wird, dass das Publikum heimlich, still und leise wieder zurückgekehrt oder aus seiner Erstarrung aufgewacht ist. Jedenfalls beginnen die auf Seiten Holomeks stehenden Leute die aufhetzerische Ansprache, die eher eine Anklage als eine Verteidigungsrede ist, mit immer unverhohlenerer Zustimmung zu quittieren. Erst als diese Beifallsbekundungen in halblauten Rufen und Unmutsäußerungen zum Ausdruck gebracht werden, kann sie der Vorsitzende nicht länger ignorieren. Er schlägt mit dem Hammer auf den Tisch und verlangt »Ruhe im Saal!« Holomek lässt sich weder von der wachsenden Aufregung hinter ihm, noch vom Richter aus dem Konzept bringen.

»All diese Tatsachen, Hohes Gericht, sind erwiesen, und wo möglicherweise Ungenauigkeiten vorliegen, sind sie auf nicht völlig korrekte Informationen der Arbeiter der Fabrik zurückzuführen, die ich seinerzeit immer wieder eindringlich dazu angehalten habe, die Wahrheit und nichts als die Wahrheit zu sagen. Tatsache ist, es hat eine Massierung schadhafter Gewehrverschlüsse gegeben. Wer, wenn nicht Schön und seine Kumpane, hätte einen Grund zur Sabotage gehabt? Wer, wenn nicht Schön und seine Kumpane, hätte eine Möglichkeit zur Sabotage gehabt? Niemand anderer als der Hersteller selbst!«

Wieder verschafft ein Teil des Publikums seiner Empörung lautstarken Ausdruck, es wird geschrien und getrampelt, gepfiffen und gebuht, sodass man hätte meinen können, sich nicht in einem Gerichtssaal, sondern auf einer Bierwiese zu befinden. Wies von Wieselburg hat alle Hände voll zu tun, die Ordnung wieder herzustellen. Diesmal verwarnt er nicht nur die Lärmenden und droht, sie unverzüglich zu entfernen, sondern auch den Angeklagten, dem er vorwirft, das Publikum bewusst aufzuwiegeln.

Holomek zuckt angesichts dieses Vorwurfs bloß die Achseln.

Als sich alles wieder halbwegs beruhigt hat, fährt er mit seiner Rede fort. Er hebt seine Stimme weder, wenn aufkommende Missfallensäußerungen sie zu übertönen drohen, noch, wenn er vom Vorsitzenden gerügt wird.

»Nein«, sagt er, »ich bleibe dabei: Ich habe keineswegs übertrieben oder falsche Schlüsse gezogen! Vielmehr hat das Verfahren erbracht, dass die Lage noch viel schlimmer sein könnte, als ich sie in meiner Schrift dargestellt habe. Es war auch nie meine Absicht, dem Offizierskorps Vorwürfe zu machen. Aber ich verstehe natürlich, dass Offiziere es als Schande empfinden, den Täuschungen der Büchsenmacher nicht gewachsen gewesen zu sein. Und es ist auch eine Schande! Aber nicht die Schande der Militärs – es ist die Schande der Saboteure und derer, die sich ihr Schweigen erkauft haben!«

Holomek unterbricht sich kurz, trinkt einen Schluck Wasser, blickt von links nach rechts, lächelt, als befinde er sich hier auf einer Wahlveranstaltung, und nimmt den Faden seiner Ausführungen wieder auf.

»Ich hätte es gerne gesehen, wenn der in Laa an der Thaya wohnhafte Zeuge, der die Unbrauchbarkeit der Schlösser bekunden sollte, aussagen hätte können. Er hätte Licht in dieses Dunkel aus Lügen, Betrug und Vertuschung gebracht, das sich nach wie vor unheilvoll ausbreitet – und beweist, dass die Gefahr für unsere Soldaten längst nicht gebannt ist. Aber das hat dieses Hohe Gericht ja unterbunden!«

Wieder macht Holomek eine kurze Pause, lauscht nach hinten, was es da an Reaktionen gibt. Aber der Richter hat im Moment die Situation gut unter Kontrolle. Er fixiert die größten Unruhestifter mit wütend funkelnden Augen. Ohne ein Wort zu sagen, macht er ihnen unmissverständlich klar, dass er sie sofort abführen lassen wird, käme nur ein Ton von ihnen.

Holomek spinnt seine Ausführungen, von all dem scheinbar unbeeindruckt, weiter: »Ich bekenne offen, dass ich, als ich die niederschmetternden Entdeckungen gemacht habe, diese anfangs lediglich politisch verwerten wollte. Aber dann ist mir die ungeheure Tragweite dessen bewusst geworden, was hier geschieht! Ich bin durch die Lande gereist, von Kaserne zu Kaserne, und habe, wie befürchtet, immer mehr Beweise für meinen Verdacht gefunden. Trotzdem bin ich nicht einfach losgeprescht in die Öffentlichkeit. Ich habe alles getan, was mir möglich war, um ein amtswegiges Einschreiten zu erreichen.

Aber sobald ich erkennen musste, dass die dazu berufenen Behörden, ungeachtet der Gefahr, in der wir alle schweben – nicht nur die Soldaten, die untaugliche Waffen in ihren Händen tragen, sondern wir alle, ja das Reich selbst – sobald ich also erkennen musste, dass die Staatsgewalt nicht einschreiten würde, sei es aus bürokratischer Gleichgültigkeit, sei es, weil sie alle unter derselben Decke stecken, erst dann habe ich, quasi in Notwehr, das Buch verfasst und in Verkehr gebracht.«

Wieder legt der Angeklagte eine kleine Pause ein; weniger weil er sie benötigt, um seine Gedanken zu ordnen, sondern um den Zuhörern Gelegenheit zu geben, seinen Standpunkt nachzuvollziehen. Seine Anstrengungen sind freilich völlig unnötig: Seinen Leuten im Publikum hätte er uralte Berichte über die Schweinemast vorlesen können; sie hätten dennoch an seinen Lippen gehangen und jedes Wort begeistert gebilligt. Dass ihn die Kläger, die Anwälte, die anwesenden Offiziere und die Büchsenmacher spätestens jetzt für einen ausgebufften

Lügner und Provokateur halten würden, scheint Holomek egal zu sein. Das Gericht nimmt augenscheinlich weder das eine noch das andere wahr und hüllt sich in Schweigen.

Holomek ist noch nicht am Ende: »Es ging mir nie darum, das Vertrauen der Soldaten in ihre Waffen zu erschüttern. Es ging mir darum, dass unbrauchbare Gewehrteile ausgesondert gehören, dass die Verschlüsse der Schön'schen Fabrik durch solche ersetzt werden, die ihre Funktion tadellos erfüllen. Ich habe das getan, weil das Vaterland in Gefahr ist! Und ich hatte nie die geringsten Zweifel, dass die Angaben über massive Mängel stimmten, weil ich denjenigen kenne, der dafür verantwortlich ist. Ich kenne ihn als ausbeuterischen, hinterhältigen Menschen mit einem niedrigen Charakter – wenig überraschend bei einem Juden! Ich traute ihm alles zu! Und ich traue ihm noch immer alles zu! Ich traue diesem Juden alles zu!«

Holomek hat sich zum ersten Mal in Rage geredet. Er hat die Maske des stets höflichen, zurückhaltenden Biedermanns abgelegt und sein wahres Gesicht gezeigt; es ist kein schöner Anblick. Seine Züge sind verzerrt von unverhohlener Wut. Die Augenbrauen haben sich gesenkt, der Kiefer sind angespannt, Lippen und Augen zusammengepresst; die Nasenflügel beben.

Das Publikum reagiert auf Holomeks leidenschaftlichen Ausbruch enthusiastisch. Selbst als der Vorsitzende seinen Hammer zu ruinieren droht, lässt die Gefolgschaft des Abgeordneten nicht von ihrem Geschrei ab, sodass Wieselburg schließlich nichts anderes übrig blieb, als sich mit seinen Beisitzern zurückzuziehen und den Auftrag zu erteilen, die schlimmsten Übeltäter zu entfernen.

## XVIII

**ALS DAS HOHE GERICHT NACH EIN PAAR MINUTEN** wieder an seinen Platz zurückkehrt, haben sich die Reihen gelichtet. Die ärgsten Schreihälse sind aus dem Saal verwiesen worden. Dennoch liegt noch immer eine beträchtliche Anspannung über dem Saal. Mein Eindruck ist, dass schon ein geringer Anlass genügen würde, um das wüste Geheul erneut losbrechen zu lassen; nicht einmal Handgreiflichkeiten konnten angesichts der Stimmung im Publikum ausgeschlossen werden. Während der ganzen Zeit stehe ich, um dem Gericht zu signalisieren, dass ich etwas sagen will. Es dauert eine Weile, bis der Vorsitzende es bemerkt. Er erteilt mir das Wort.

»Ich erhebe Einspruch! Ich erhebe Einspruch gegen die ganze Art des Schlussvortrags! Dem Angeklagten steht zu seiner Verteidigung ein großer Spielraum zu; das ist anzuerkennen. Aber was der Angeklagte zuletzt von sich gegeben hat, sind nicht nur Unwahrheiten, sondern Verleumdungen. Ich ersuche das Hohe Gericht, den Angeklagten darauf hinzuweisen, dass er Gefahr läuft, sich mit dem, was er hier von sich gibt, gleich die nächste Klage einzuhandeln.«

Wies von Wieselburg nickt und instruiert den Angeklagten, der ihm mit lächelndem Gesicht zuhört. Höflich neigt er den Kopf und sagte: »Ja, Euer Ehren. Selbstverständlich, Euer Ehren.«

Im Saal hinter mir grummelt und rumort es; die feindselige Stimmung verdichtet sich immer mehr.

»Es erschüttert mich immer wieder zu sehen«, setzt Holomek, als wäre nichts geschehen, fort, »wie verkannt die Juden werden. Wie verharmlost sie werden. Sie verstehen sich ganz ausgezeichnet darauf, sich zu tarnen. Aber niemand möge sich über ihre Beweggründe täuschen: Sie haben die Absicht, nationale Schwächen, Neigungen, Leidenschaften und Parteiziele in solchem Ausmaße zu vervielfachen, dass daraus ein Chaos entsteht, in dem sich niemand mehr zurechtfinden kann. Sie wollen Zwietracht zwischen den gesellschaftlichen Gruppen säen! Sie wollen alle Kräfte matt setzen, die sich ihnen nicht unterwerfen wollen!«

Ich springe auf: »Einspruch, Euer Ehren!«

»Aus welchem Grund?«, fragt Holomek spöttisch und bringt mich damit aus dem Konzept.

»Sie haben zu schweigen, bis das Gericht über den Einspruch entschieden hat!«, fährt der Vorsitzende den Angeklagten an. Dieser nickt unbeeindruckt.

»Euer Ehren, was der Angeklagte hier behauptet, hat mit dem Prozessgegenstand überhaupt nichts zu tun.« Ich bin erregt, kann kaum an mich halten. »Der Angeklagte äußert sich nicht zu den in der Verhandlung vorgebrachten Beweisen und Aussagen, sondern hält eine Wahlrede!«

»Ich bin«, sagt Wies von Wieselburg, »geneigt, dem Herrn Advokaten des Klägers Recht zu geben. Herr Angeklagter, halten sie sich bei Ihrem Schlussvortrag an das, was vor Gericht vorgebracht wurde.« Wieder nickt Holomek. Aber er nimmt den Faden seiner Ausführungen genau dort wieder auf, wo er ihn niedergelegt hat, so als wäre er nie unterbrochen worden.

»Die Juden«, ruft er, »haben nichts anderes im Sinn, als moralische Erschütterungen auszulösen, Enttäuschungen, Gebrechen. Sie nennen uns die Gojim, die Ungläubigen, und wenn sie uns durch ihre Lügen, ihre Hinterhalte und den Hass, den sie säen, so erschöpft haben, dass wir nicht mehr in der Lage sind, uns zur Wehr zu setzen, werden sie ohne irgendeine Gewaltanwendung nach und nach alle Staatsgewalt aufsaugen und eine Weltregierung bilden.«

»Einspruch«, schreie ich, »er macht es schon wieder!« Meine Stimme klingt so schrill, dass ich sie selbst kaum erkenne.

»Einspruch stattgegeben!«, ruft der Vorsitzende. »Mäßigen Sie sich!« Auch seine Stimme klingt mühsam beherrscht.

Holomek unterbricht seinen Monolog, hält inne, aber nicht, um den Anweisungen des Gerichts nachzukommen, sondern um sich der Wirkung des Gesagten zu vergewissern. Das Publikum im Saal ist wieder sehr unruhig, scheint sich aber nicht recht entscheiden zu können, ob es in Jubel ausbrechen oder seinen Unmut über das schändliche Wirken der Juden durch Buh-Rufe kundtun soll. Es befürchtet wohl zu Recht, dass dann der Saal ganz geräumt werden würde, und das soll offensichtlich vermieden werden. So macht es seinen Gefühlen Luft, indem es, wenn auch verhalten, Geräusche von sich gibt, die kaum menschlich genannt werden können. Es wird leise geknurrt, gefaucht, gezischt, mit den Füßen gescharrt. Insgesamt erwächst daraus eine bedrohliche Atmosphäre.

Holomek blickt den Vorsitzenden Richter an, abwägend, wie er weiter vorgehen sollte. Er scheint sich nicht ganz sicher zu sein, ob seine Worte die beabsichtigte Wirkung entfaltet haben. Doch Landesgerichtsdirektor Wies von Wieselburg hat sich wieder in der Gewalt und mustert den Angeklagten mit seinen kleinen Knopfaugen wie ein Insekt, das er schon bald zu sezieren gedenkt. Holomek wendet den Blick den beiden Beisitzern zu, den Justizräten Gerth und Muncker, die – zur allgemeinen Überraschung – völlig munter zu sein scheinen. Aber auch ihren Mienen ist nicht zu entnehmen, was sie über seine Äußerungen denken. Sie sind munter, aber deshalb noch lange nicht lebendig.

Schließlich wirft Holomek auch Salomon Schön einen kurzen Seitenblick zu, der so voller Hass ist, dass ich die Hitze, die davon ausgeht, fast körperlich wahrnehme. Mir schenkt er nur ganz kurz seine von Verachtung getränkte Aufmerksamkeit, um dann den Kopf endgültig noch weiter zu drehen, um die Reaktionen des Publikums, *seines* Publikums, zu erfassen.

Es gibt keinen Zweifel: Obwohl sich die Reihen gelichtet haben, sind noch immer viele Leute auf seiner Seite. Sie folgen dem, was er sagt, geradezu enthusiastisch. Dem Abgeordneten ist es gelungen, das Gespenst der Lähmung aus dem Gerichtssaal zu vertreiben. Aber das Gespenst, mit dem er es vertrieben hat, ist viel gefährlicher als die Lethargie, die zuvor geherrscht hat.

Schließlich richtet Holomek den Blick wieder nach vorne und schließt, noch bevor wieder gänzlich Ruhe eingekehrt ist, an seine vorigen Ausführungen an:
»Die Juden«, sagt er, und mittlerweile ist das Lächeln auf seinen bubenhaften Zügen zur Grimasse erstarrt, »die Juden haben längst damit begonnen, ungeheure Monopole zu errichten. Sie haben längst damit begonnen, gewaltige Reichtümer anzuhäufen. Von diesen Reichtümern werden wir anderen schon bald so abhängig sein, so abhängig, dass wir nicht mehr überleben können, ohne uns ihnen zu unterwerfen. Ja, die Juden werden uns mit ihrem ungeheuren Kapital zugrunde richten! Und sie haben schon damit angefangen!«

»Einspruch! Einspruch! Einspruch!«, schreie ich. Ich ertappe mich dabei, dass ich meine Hand gehoben habe wie ein Pennäler, der seinem Lehrer beweisen will, dass er etwas weiß. Peinlich berührt darob, lasse ich die Hand sinken.

Noch ehe der Richter über meinen Einspruch – oder waren es drei? – entschieden hat, setzt Holomek einfach fort: »Die Juden haben angefangen, Handel und Industrie zu unterwandern, aber vor allem setzen sie auf Spekulation. Die Spekulation wird alles zerstören. Sie wird den Ländern Arbeit und Kapital entziehen. Durch Spekulation werden sie alles Geld der Welt in ihre Hände bringen. Mit ihrem Kapital werden sie die Herren der Welt sein, und wir, die Gojim, das Proletariat. Alles wird so geschehen, wie sie es planen! Außer es gelingt uns, uns, die wir sie durchschauen, sie daran zu hindern. Außer es gelingt uns, sie zuvor vom Angesicht der Erde zu tilgen!«

Ich stehe schon wieder. »Schweigen Sie!«, schreit der Richter, der endlich zu vergegenwärtigen scheint, dass er für diese Farce verantwortlich ist. »Wenn ein Einspruch erhoben wird, müssen Sie warten, bis das Gericht darüber entschieden hat. Haben Sie das verstanden?«

Holomek hebt gleichgültig die Achseln. Er lächelt; aber sein Lächeln wirkt jetzt wie eingefroren. Er macht sich nicht die Mühe, dem Richter zuzustimmen oder sein Verhalten zu erklären. Das ist auch gar nicht nötig: Er hält eine Wahlrede; und er ist damit durchaus erfolgreich. Durch die Bankreihen geht ein Laut wie ein Stöhnen, das zunehmend schärfer wird in den Konturen, bis es zu einem zischenden, wütenden Ton anwächst, über dessen Intentionen man sich keinerlei Zweifeln hingeben kann.

Auf dem Gesicht des Abgeordneten hat sich ein leicht wahnhafter Ausdruck ausgebreitet; er scheint die Aufmerksamkeit, die er gefunden hat, zu genießen. Seine Augen leuchten, als sehe er etwas, das allen anderen verborgen geblieben ist. Ich überlege, ob ich eine Strafe wegen Missachtung verlangen soll. Holomeks Äußerungen haben mit dem Prozessgegenstand schon seit geraumer Zeit nichts mehr zu tun. Es ist die Rede eines Hasspredigers, nicht die eines Angeklagten. Aber noch ehe ich zu einer Entscheidung komme, macht Holomek einfach weiter – noch immer in demselben Tonfall, aber mit größerer Eindringlichkeit.

»Was die Juden erreichen wollen«, ruft er, »ist, dass in allen Staaten der Welt, außer dem, in dem sie die Kontrolle übernommen haben, Zwiespalt und Feindseligkeit herrschen. Was die Juden erreichen wollen, ist, dass Chaos und Hass überkochen. Was die Juden erreichen wollen, ist, jeden Widerstand zu brechen. Was die Juden erreichen wollen, ist, die Weltherrschaft zu errichten!«

Er schüttelt die Faust; wohl war diese Geste als gegen die Juden gerichtet gemeint, doch auch der Vorsitzende auf seinem erhöhten Stuhl fährt erschrocken zurück. Holomek scheint das nicht zu bemerken. Überhaupt wirkt er jetzt völlig abgehoben. Es ist, als habe sein unbändiger Hass völlig die Kontrolle über ihn übernommen.

»Ich belege Sie mit einer Ordnungsstrafe von hundert Kronen«, stammelt der Vorsitzende, »wegen Missachtung des Gerichts!«

Holomek sieht ihn nachdenklich an, als überlege er, was er mit diesem renitenten Menschen anfangen werde, wenn er erst die Möglichkeit dazu haben würde. Dann schüttelt er den Kopf.

»Wie Sie meinen«, sagt er zum Richter. Schließlich setzt er erneut an: »Noch etwas beweist die jüdische Strategie zur Machtübernahme. Sie weisen ihre jungen Leute an, Volkswirtschaft zu studieren. Sie beabsichtigen, unsere Regierung mit einem Heer von Wirtschaftspolitikern zu umgeben. Schon jetzt wimmelt es unter den Beratern in volkswirtschaftlichen Fragen von Juden. Es hat sich ein ganzer Stand von Bankherren, Industriellen, Kapitalisten und – was die Hauptsache ist – von Millionären etabliert. So wie dieser Schön hier! Jeder einzelne von ihnen ist im Grunde ein Saboteur! Die Juden säen Zwietracht. Sie führen uns in die Irre, sie täuschen und verderben. Die öffentliche Meinung ist auf ihrer Seite, weil sie die Presse unterwandert haben. Wenn es zum Krieg kommt, sind sie bestens vorbereitet: Sie haben Bomben eingegraben in den unterirdischen Gängen der Stadt. Sie haben die Mittel, unser Wien mit all seinen Ministerien und Ämtern und Organisationen und Archiven, mit der Hofburg und dem Schloss Schönbrunn in die Luft zu sprengen!«

Ich gebe es auf, Einspruch zu erheben. Es ist völlig vergeblich. Es hat sich herausgestellt, dass, wenn jemand die strengen Regeln bei Gericht einfach ignoriert, kein Kraut dagegen gewachsen ist. Auch Wieselburg scheint mit seinem Latein am Ende zu sein. Er starrt den Angeklagten an, als könne er allein mit seinen finsteren Blicken dem Treiben Einhalt gebieten. Aber was hunderte Male bei hunderten Angeklagten verfangen hat – an Holomek prallt es ab.

Offenbar hat aber auch er sich verausgabt. Holomek stützt sich schwer atmend auf seinen Stock. Er hebt beide Hände gegen den Himmel, als wolle er den Beistand Gottes herbeibeschwören. Wegen des herabbaumelnden Stockes büßt diese Geste allerdings ein wenig von der angestrebten Wirkung ein.

»Sie können mich verurteilen«, ruft er mit schriller Stimme, »aber das Urteil der Geschichte wird mir Recht geben – eines Tages. Eines Tages, und ich hoffe, dass es dann noch nicht zu spät sein wird, wird jedermann sehen können, dass ich nur dieses Land vor den jüdischen Geschäftemachern, den jüdischen Verrätern, den jüdischen Verführern *(er warf meinem Mandanten dabei einen hasserfüllten Blick zu)* beschützen wollte.«

Er richtet sich auf, nimmt Haltung an, hebt den Blick zum Himmel, legte die Hand aufs Herz und ruft: »Tod den Juden! Hoch lebe die deutsche Nation!«

»Tod den Juden! Hoch lebe die deutsche Nation!«, schreien auch die Gefolgsleute Holomeks. Sie stehen auf, nehmen Haltung an und salutieren. Der Vorsitzende lässt die Leute schreien. Im Trubel geht unter, dass er die Sitzung vertagt. Ich höre aber, wie er einen der Ordner zu sich ruft und anordnet, zur morgigen Verhandlung nur Personen einzulassen, die unverdächtig erscheinen.

»Ich werde nicht noch einmal unter derartigen Bedingungen zu Gericht sitzen«, sagt er. »Wenn es nicht anders geht, werden wir eben vor leeren Sitzreihen verhandeln. Ich dulde es nicht, dass die Würde des Gerichts derart eklatant verletzt wird. Gerichtsdiener, fordern Sie für morgen Verstärkung an!«

Solchermaßen versucht er sein Gesicht zu wahren. Aber vermutlich weiß auch er, dass er sein Gesicht längst verloren hat.

## — XIX —

**WÄHREND ICH MEINE UNTERLAGEN ZUSAMMENSUCHTE** und in meine Aktentasche steckte, schaute ich mich im Saal um. Es war unübersehbar, dass das Publikum in zwei Lager geteilt war. Der lautstarken Gruppe, die für Gerwald Holomek Partei ergriffen hatte und jetzt Verstärkung von den zuvor Hinausgewiesenen erhielt, standen die üblichen Prozessbesucher gegenüber, denen das Entsetzen ins Gesicht geschrieben stand. Und obwohl die beiden Gruppen in etwa gleich groß waren, dominierten die Anhänger Holomeks deutlich.

Mit ihren Kornblumen und den weißen Hemden wirkten sie irgendwie uniformiert, und es stand für mich außer Zweifel, dass sie angeleitet wurden. Jemand im Saal orchestrierte sie geradezu; anders war es nicht zu erklären, dass sie sich zeitweilig mucksmäuschenstill verhalten und dann wieder ihre eingelernten Parolen zu schreien begonnen hatten.

Nun rückten sie ab. Es sah ein bisschen lächerlich aus, als sie versuchten, in Reih und Glied und auf eine Weise, die sie für militärische Ordnung hielten, den Gerichtssaal zu verlassen. Die Offiziere, die ebenfalls aufgestanden waren, schauten ihnen mit offenem Mund zu. Die übrigen Besucher machten ihnen vorsichtshalber Platz.

Dem Vorsitzenden und den beiden Beisitzern blieb, weil sie den Saal längst verlassen hatten, dieses Schauspiel erspart; zweifellos würden ihnen aber die Gerichtsdiener darüber berichten. Ich glaubte allerdings nicht, dass Holomek mit dieser Machtdemonstration den Senat einschüchtern wollte. Vielmehr ging es ihm um die Vertreter der Presse; sie wollte er beeindrucken. Ihnen wollte er beweisen, dass es ihm ernst war.

Ich konnte mir lebhaft vorstellen, mit welcher Tendenz bestimmte Zeitungen in ihren Morgenausgaben berichten würden.

Zugegeben, auch ich war beunruhigt; und zwar weniger, weil ich um meine Gesundheit fürchtete – ganz so weit waren wir noch nicht gekommen, dass mich eine paramilitärische Bande im Gerichtssaal in Angst und Schrecken versetzen konnte –, sondern weil das freche, unverblümt bedrohliche Auftreten eine neue Komponente in die ohnedies verfahrene Verhandlungssituation brachte. Uns allen, Schön und Kühn, den Büchsenmachern und sogar den Militärs wurde bewusst, dass dieser Prozess nicht in diesem Gerichtssaal enden würde, sondern auf der Straße. Die Offiziere ließen sich natürlich keinerlei Beklommenheit anmerken; mutig und forsch zu sein war Teil ihrer Dienstbeschreibung.

Ich war hundemüde. Der elendslange Monolog und die ihn begleitende Stimmungsmache hatten mich zermürbt. Trotzdem war es unerlässlich, noch mit Salomon Schön zu sprechen. Als ich ihm dies mitteilte und meine Kanzlei als Ort für unsere Aussprache vorschlug, machte er keinen Hehl daraus, dass er mein Anliegen für eine Zumutung hielt; aber ich blieb beharrlich.

In der Kanzlei kam ich sofort zur Sache: »Nein«, sagte ich, »ich will nicht den heutigen Verhandlungstag Revue passieren lassen oder über morgen sprechen. Ich möchte Ihnen eine einzige Frage stellen, und es ist von elementarer Bedeutung, dass Sie mir die Wahrheit sagen!«

Schön hatte die Augenbrauen gehoben. Er ahnte vielleicht schon, worum es ging, und seine abwehrende Haltung war unübersehbar.

»Ich bin Ihr Anwalt. Alles, was Sie mir sagen, bleibt unter uns. Unter keinen Umständen – und gar keinen Umständen – werde ich je Dritten gegenüber wiederholen, was Sie mir jetzt mitteilen. Mehr noch: Ich werde mit Schimpf und Schande aus der Advokatenkammer geworfen werden, wenn ich die Vertraulichkeit zwischen Ihnen und mir nicht wahre. Aber ich muss es wissen!« Schön sah mich lange an. Dann nickte er: »Fragen Sie!«

»Ich hatte«, begann ich, »von Anfang an den Eindruck, dass etwas Persönliches zwischen Ihnen und Holomek vorgeht. Natürlich hasst er Juden. Aber er wäre nie so weit gegangen, wäre es ihm nur daran gelegen, Ihnen zu schaden oder ganz allgemein Juden anzuschwärzen. Das ist schließlich sein täglich Brot!«

»Was genau wollen Sie wissen?«

Schön hatte den Kopf gesenkt, seine Stimme war sehr leise.

»Was ist das zwischen Ihnen und Holomek?«, fragte ich. »Was für ein ganz persönlicher Konflikt wird hier ausgetragen. Ich muss es wissen!«

Schön nickte wieder. Dann hob er den Kopf und sagte er ein einziges Wort: »Valerie!«

## — XX —

**»VALERIE KRONSKY«, SAGTE ICH.**

»Ja«, erwiderte Schön nach einer Weile, »Sie kennen sie?«

»Ich habe sie wenige Tage nach dem Tod ihres Mannes kennengelernt. Ich hatte etwas für sie zu erledigen. Eine schöne Frau.«

»Das ist sie wohl«, sagte er.

Dann, nach einer Weile, weil ich schwieg: »Ja, eine schöne Frau. Und doch viel mehr als das. Ich bin kein besonders romantischer Mensch. Ich habe mich immer für eher sachlich und nüchtern gehalten. Für einen rational denkenden Mann. Aber ich kann mich ihr nicht entziehen. Sie lebt in einer Welt, von der ich nicht einmal wusste, dass sie existiert. Vor allem wusste ich nicht, welche ungeheure Anziehung sie auf mich ausüben würde.«

Er schüttelte den Kopf, als wolle er etwas aus seinen Gedanken vertreiben, das sich dort freilich längst festgekrallt hatte.

»Erzählen Sie!«, forderte ich ihn auf.

Schön schüttelte nochmals den Kopf. Dann richtete er einen hoffnungslosen Blick auf mich. »Sagen Sie mir zuerst, woran Sie sich erinnern.«

Es fällt mir schwer, über meine Gefühle zu sprechen, und meist gelingt es mir, das zu vermeiden. Aber genau das würde ich jetzt tun müssen. Schließlich nickte ich. Es war nur fair, dass auch ich meine Karten auf den Tisch legen sollte.

»Ich begegnete ihr nur zwei Mal.« Ich zögerte; ich suchte noch immer nach einer Möglichkeit, meine Empfindungen zu verbergen. »Ich weiß nicht, wie ich es anders ausdrücken soll, aber ich begegnete dabei zwei ganz verschiedenen Menschen. Beim ersten Mal war sie, wohl ausgelöst durch den Tod ihres Mannes, in einer, wie soll ich sagen, merkwürdigen, aber nicht wirklich unerklärlichen Stimmung. Sie war erschüttert, konnte es noch gar nicht glauben, allein zu sein. Sie befand sich in einer Ausnahmesituation, die sie Dinge tun und sagen ließ, die sie unter anderen Umständen wahrscheinlich nie getan oder gesagt hätte. Sie hatte ein starkes Mitteilungsbedürfnis. Sie neigte zu einer Offenheit, die sie noch verletzlicher machte, als sie ohnedies schon war.«

»Und bei der zweiten Begegnung?«

»Bei unserer zweiten Begegnung erschien sie mir vielleicht noch schöner. So, als hätte ihr Verlust einen Schleier von ihr weggezogen, und sie zeigte sich nun als das, was sie in ihrem innersten Wesen wirklich war. Bei meinem ersten Besuch war sie mir geradezu ätherisch erschienen. Jetzt empfing mich eine Frau mit einer ungeheuer starken sinnlichen Ausstrahlung. Sie sagte kaum ein paar Sätze, aber diese wenigen Worte brachten eine Saite in mir zum Klingen, von der ich nicht gewusst hatte, dass ich sie überhaupt besaß.«

Ich unterbrach mich. Schön reagierte nicht. Er saß mir mit gesenktem Kopf gegenüber und machte keine Anstalten, etwas zu erwidern.

»Als mir klar wurde«, fuhr ich fort, »dass ich sie begehrte, mehr als alles, was ich je begehrt hatte, wusste ich nicht, wie ich mich verhalten sollte. Ich hatte den unbändigen Wunsch, ihr die Kleider vom Leib zu reißen – und geriet fast in Panik, als ich erkannte, dass sie das zu wissen schien. Sie schien sich ihrer Wirkung vollkommen bewusst zu sein. Und es kam mir vor, als wüsste sie das nicht nur, sondern forderte es sogar heraus!«

Wieder unterbrach ich mich. Schön reagierte noch immer nicht auf mein Geständnis. Er schien auf etwas zu warten; etwas, das ich noch sagen müsse.

»Ich hatte den Eindruck, sie könnte bereit sein, sich mir hinzugeben. Ich war dermaßen durcheinander, dass ich kaum fähig war, meinen Auftrag zu erfüllen. Ein kläglicher Rest von Vernunft schrie in meinem Kopf, alles stehen und liegen zu lassen und mich zu entfernen – als einzige Chance, mich ihr zu entziehen. Oder es würde etwas geschehen, das ich für mein ganzes restliches Leben bereuen würde.«

Ich war ein wenig außer Atem geraten nach dieser Eröffnung. Ich hatte viel mehr gesagt, als ich hatte sagen wollen. Es war mir peinlich, dieses Geständnis einem Fremden, noch dazu einem Mandanten gegenüber, abgelegt zu haben. Aber als ich aufblickte, sah ich, dass in Schöns Augen nicht der Funken eines Vorwurfs lag.

»Ja«, sagte er, »das hätte ich auch tun sollen.«

Und nun war es an mir, in seinen Augen den Schmerz zu entdecken; den Schmerz, die eigene Integrität verraten zu haben, das eigene Bild von sich selbst zerstört zu haben in den Armen einer Frau.

»Wie haben sie Valerie kennengelernt?«, fragte ich.

»Erst nach dem Tod ihres Mannes. Ein Freund hatte mich eingeladen, sie zu besuchen. Er hat geschworen, sie sei die schönste und aufregendste Frau der Welt. Ich habe ihn ausgelacht.«

Er habe, erzählte Schön, nicht mitgehen wollen. Warum auch, er sei schließlich glücklich verheiratet gewesen. Wie hätte er das seiner Frau erklären sollen, erführe sie jemals davon. Und, davon sei er damals überzeugt gewesen, sie würde es erfahren. Er sei ein schlechter Lügner. Auch etwas, das er habe lernen müssen. Jedenfalls habe er sich überreden lassen. Und dann sei alles verloren gewesen.

»Was ist passiert?«, fragte ich.

Seine Stimme war von Resignation und Verzweiflung gedämpft: »Sie war tatsächlich eine schöne Frau. Vielleicht die schönste Frau, die ich je gesehen hatte. Aber das war es nicht. Sie wirkte sehr kindlich auf mich, mit ihren weichen, runden Gesichtszügen und ihren blonden Haaren. Sie weckte Beschützerinstinkte in mir. Vor allem, als ich erfuhr, was sie tat. Ich wollte sie retten; aber das wollten wohl auch schon andere vor mir.«

»Was sie tat?«, hakte ich ein.

»Sie verkaufte sich. Nicht offen wie eine Prostituierte«, erwiderte Schön, »sondern heimlich, verborgen. Aber das änderte nichts; sie verkaufte sich. Sie schlief mit Männern für Geld.«

Valerie habe, erzählte er, nach dem Tod ihres Mannes feststellen müssen, dass sie faktisch mittellos war. Es habe nicht viele Alternativen gegeben, den gewohnten Lebensstandard aufrechtzuerhalten. Aber das sei als Erklärung zu kurz gegriffen. Valerie habe entdeckt, dass es ihr ein ungeheures Vergnügen bereitete, Macht über Männer auszuüben.

»Ich habe eine gute Frau«, sagte Schön, »es hat überhaupt keinen Grund gegeben, sie zu hintergehen. Aber als ich Valerie zum ersten Mal gesehen hatte, war ich ihr schon verfallen. Ich weiß«, fügte er in resigniertem Ton ein, »das klingt wie die älteste Ausrede der Welt. Aber Valerie vermochte es, dass ich mich wie ein anderer Mensch fühlte. Wie ein ganz besonderer Mensch. Ein Mensch mit Phantasie, mit Esprit. Ein Mensch, dem keine Grenzen gesetzt sind. Oft redeten wir nur miteinander. Sie vermittelte mir das Gefühl, dass wichtig sei, was ich sagte, was ich machte, was ich dachte. Sie konnte zuhören – eine heute fast schon vergessene Kunst. Es ging nicht nur ums Bett. Aber auch hier öffnete sie Türen, von denen ich nicht einmal gewusst hatte, dass es sie gab.«

Schön schüttelte den Kopf, als wolle er etwas daraus vertreiben. »Einmal«, begann er, zögernd, »einmal schlug sie mir vor, mir die Augen zu verbinden. Und alles war schlagartig anders. Jede sanfte Berührung, jeder Kuss, war plötzlich viel intensiver. Es war, als würde ich schweben, schwerelos, mit ausgebreiteten Armen, und überall, wo sie mich berührte, löste das einen Schock in mir aus. Ich hatte noch nie etwas Vergleichbares erlebt – und ich habe dabei viel über mich erfahren.«

»Und sie?«, fragte ich.

»Ich denke, sie spielt nur mit mir. Sie spielt auf mir wie auf einer Klaviatur, und die Melodien, die sie mir entlockt, sind unbeschreiblich – wie von einem anderen Stern. Ich wurde süchtig danach. Süchtig nach dem Spiel. Süchtig nach ihr.«

Er schüttelte den Kopf: »Ich habe unzählige Male versucht, mich von ihr zu lösen. Aber ich werde nie von ihr loskommen. Und ich werde, weil das so ist, alles verlieren: meine Frau; meine Familie; meine Fabrik; meine Selbstachtung.«

»Und Holomek?«, setzte ich nach.

»Holomek war einer ihrer Liebhaber«, seufzte Salomon Schön. »Ich habe ihr viel Geld gegeben, um der einzige zu sein.«

Wieder schüttelte er den Kopf. »Ich weiß nicht einmal, ob ich mittlerweile der einzige bin. Aber ich denke, zumindest von einigen hat sie sich getrennt – und Holomek dürfte zu dieser Kategorie gehören.«

Dann, nach einer Weile: »Ich kann verstehen, dass er nicht von ihr lassen kann. Ich könnte es auch nicht.«

## — XXI —

**ICH BIN AUCH DESHALB ADVOKAT GEWORDEN,** weil es im Rechtswesen sehr klare Regeln gibt. Innerhalb dieser Regeln wird tagtäglich vor Gericht gestritten. Innerhalb dieser Regeln werden Menschen verteidigt und verurteilt. Aber in all den Jahren, seit ich Advokat bin, hatte ich nie einen derartigen Bruch dieser Regeln erlebt wie in der Streitsache Holomek. Zugegeben, die Regeln wurden gedehnt, sie wurden interpretiert, zuweilen bis an die Grenze des Gegenteils dessen, was sie eigentlich aussagen. Aber letztlich wurden sie akzeptiert. Letztlich hielten sich alle daran.

Diese Regeln schienen mir den Schutz zu bieten, den ich draußen, vor den Toren des Gerichts, zu finden nicht erhoffen konnte. Denn draußen, vor den Toren, herrschten die Gesetze des Dschungels; da gab ich mich keinen Illusionen hin. Wenn die Regeln, auf die ich gebaut, auf deren Unverrückbarkeit ich vertraut hatte, plötzlich nichts mehr galten, würde der Dschungel überall sein. Dann gäbe es keine Hoffnung mehr. Denn ich wusste sehr gut, dass ich für den Dschungel nicht geschaffen war.

Als ich am vierten Verhandlungstag aufstehe und die paar Schritte zum Pult gehe, das für Stellungnahmen der Anwälte zur Verfügung steht, bin ich zutiefst verunsichert und aufgewühlt. Ich bin – im wahren Sinn des Wortes – unvorbereitet. Ich lege mein Manuskript, das ich normalerweise nicht benötige und eher dazu dient, meine Gegner zu beeindrucken, auf den Tisch. Heute könnte es durchaus sein, dass ich es zur Hand nehmen und – wie der Staatsanwalt – daraus vorlesen muss. Mir ist klar, dass das eine Kapitulation wäre, verbunden mit dem Verlust jeglicher Selbstachtung. Aber vielleicht würde mir keine Alternative offenstehen. Vielleicht würde ich heute, anders als die vielen Male davor, bei denen ich das nur befürchtet hatte, tatsächlich gezwungen sein zu improvisieren – etwas, wofür ich überhaupt kein Talent habe.

»Hohes Gericht, sehr geehrter Herr Vorsitzender, sehr geehrter Herr Staatsanwalt«, beginne ich, »ich bedanke mich namens meines Mandanten für das Gehör, das seinem Standpunkt in dieser Causa geschenkt wird.«

Ich hatte dieses letzte, entscheidende Plädoyer mit Salomon Schön nicht abgesprochen. Allzu viel war zuletzt geschehen, nicht nur seine

Eröffnung, dass der Angriff Holomeks auf ihn ganz persönliche Züge trug: Schön, der *Jude*, hatte es gewagt, den *reinrassigen* Deutschen Holomek in die Schranken zu weisen. Aus der Sicht Holomeks war das unverzeihlich, und seine Rache, die fast schon pathologische Züge trug, war sorgfältig aufgebaut und ins Werk gesetzt worden.

In einer schlaflosen Nacht hatte ich darüber gegrübelt, ob ich diesen persönlichen Aspekt der Animosität zwischen Holomek und Schön in meinem Schlussvortrag ins Spiel bringen sollte. Dafür sprach, dass es erklärte, was Holomek angetrieben hatte, sich derart zu exponieren. Dagegen sprach, dass dieser Aspekt im Prozess keinerlei Erwähnung gefunden hatte und nun, ohne Erklärung neu eingeführt, für Verwirrung sorgen musste.

Selbst als ich die ersten Worte meines Plädoyers sprach, wusste ich noch immer nicht, wie ich mich entscheiden würde.

»Hohes Gericht, sehr geehrter Herr Vorsitzender, sehr geehrter Herr Staatsanwalt, es ist kein ganz normales Verfahren, das wir hier erleben. Das war es spätestens in dem Moment nicht mehr, als der Herr Verteidiger in vorgeblichem Zorn den Saal verließ und sich seither weigert, an den Verhandlungen teilzunehmen. Und dieses äußerst ungewöhnliche, und, wie ich sagen möchte, verantwortungslose Verhalten wurde noch übertroffen durch die haarsträubenden, rufmörderischen und durch nichts im Prozess belegten Verunglimpfungen im Schlussvortrag des Angeklagten.

In diesem Verfahren geht es um den Verdacht der ehrenrührigen, strafbaren Verleumdung mehrerer unbescholtener Bürger und Beamter, ausgesprochen und schriftlich dokumentiert von einem Abgeordneten des Reichstags, der für sich in Anspruch nimmt – und vielleicht sogar stolz darauf ist – der prominenteste Judenhasser dieser Stadt zu sein. Die vom Angeklagten erhobenen Vorwürfe sind geeignet, den Ruf und die Ehre meines Mandanten, Herrn Kommerzialrat Salomon Schön, herabzusetzen, aber ebenso den Ruf und die Ehre von Oberst a.D. David Kühn, mehrerer Offiziere und der Kontrolleure, die im Auftrag der Armee tätig waren. Mehr noch, sie führen zwangsläufig auch dazu, die Feste unserer Monarchie zu erschüttern, weil sie Zweifel an der Wehrhaftigkeit unserer Armee implementieren.

Wir haben die Zeugen und die Sachverständigen, die Kläger und den Angeklagten gehört und äußerst divergierende Sichtweisen zur

Kenntnis nehmen müssen. Wie immer das Hohe Gericht die Sachlage beurteilen wird, entscheidend wird sein, welche Glaubwürdigkeit es den einzelnen Aussagen zubilligt. Da steht auf der einen Seite der Angeklagte, der – ohne den geringsten Beweis – das Konstrukt einer weltweiten Verschwörung entworfen hat. Da stehen auf der anderen Seite mein Mandant, der Fabrikant Salomon Schön, sein Mitdirektor David Kühn, die Offiziere, die hier unter Eid ausgesagt haben, die Büchsenmacher, die – ebenfalls unter Eid – keinen Zweifel daran gelassen haben, ihre Aufgabe gewissenhaft erfüllt zu haben. Doch wem glauben?

Ein Fehler in der Beurteilung der Glaubwürdigkeit hätte jedenfalls schwerwiegende Folgen. Neigt man den Aussagen des Angeklagten zu, wären der Ruf und die Ehre der Kläger zerstört. Auch das Vertrauen in die Armee wäre unwiederbringlich beschädigt, und hätte der Angeklagte Recht mit seinen Behauptungen, wäre das Vaterland tatsächlich in Gefahr.

Aber welche Beweise bietet er uns dafür an: Wieder nur Behauptungen, für die es keinerlei Substrat gibt. Arbeiter mit einer kriminellen Vergangenheit haben für ihn ausgesagt, Menschen, die fachspezifische Details gar nicht beurteilen können – und das hier vor Gericht auch eingestehen mussten. Leute haben für ihn ausgesagt, die die *Alliance Israelite Universelle* anschwärzten, ohne je auch nur in die Nähe dieser Organisation gekommen zu sein. Und ein Verteidiger, der sein Amt voller Zorn hingeworfen hat, weil er keine andere Lösung seiner ausweglosen Situation mehr gesehen hat, als diesen Prozess zu sabotieren.

Die Aussagen der Kläger, der Offiziere, der Büchsenmacher, der Vertreter der die Gewehrverschlüsse herstellenden Firma, unterscheiden sich davon wohltuend. Sie sind sachlich, fundiert, sie basieren auf Fakten. Ja, mein Mandant ist sogar so weit gegangen, die *Möglichkeit* von Fehlern einzuräumen. Da es nicht den geringsten sachlichen Beweis für solche Fehler gibt, hätte Direktor Schön solches weit von sich weisen können. Aber das hat er nicht getan. Er ist sich bewusst, dass es in einem großen Unternehmen bei der Herstellung eines so komplizierten Teils wie eines Gewehrschlosses zu Fehlern kommen *kann*. Allerdings, der Beklagte hat konkrete Beweise für solche Fehler, geschweige denn für eine bewusst herbeigeführte Sabotage meines Mandanten nicht erbringen können – denn es hat sie nicht gegeben!

Die Beweispflicht bei einer Verleumdung obliegt, wie das Hohe Gericht selbstverständlich weiß, ausschließlich dem Angeklagten. Er muss *beweisen*, dass es eine Verschwörung mit dem Ziel, eine jüdische Weltherrschaft zu errichten, gegeben hat. Der Angeklagte konnte es nicht – und er konnte es nicht, weil es diese Verschwörung gar nicht gibt und nie gegeben hat! Der Angeklagte muss *beweisen*, dass mein Mandant Teil dieser Verschwörung ist. Er konnte es nicht – und er konnte es nicht, weil mein Mandant ein Patriot ist, der sich an derlei Machenschaften niemals beteiligen würde! Und der Angeklagte muss *beweisen*, dass die von meinem Mandanten erzeugten Gewehrschlösser schadhaft sind und durch Sabotage schadhaft gemacht wurden. Er konnte auch das nicht – und er konnte es nicht, weil die Gewehrschlösser, wie den Aussagen der kontrollierenden Offiziere und Büchsenmacher zu entnehmen ist, klaglos funktionieren und von hoher handwerklicher Qualität sind!

Als einzigen *Beweis* für seine kruden Ideen einer Verschwörung der Juden hat der Angeklagte angeführt, jüdische Kaufleute und Bankiers würden bereits jetzt großen Einfluss in der Monarchie besitzen. Der Angeklagte verkennt, dass unseren jüdischen Mitbürgern lange Zeit die Ausübung der meisten Berufe verwehrt war und sie sich auf wenige Möglichkeiten konzentrieren mussten. So bleibt vom Vorwurf des Angeklagten nicht mehr, als dass jüdische Kaufleute und Bankiers eben besonders fleißig und tüchtig sind.

Wenn es aber gar keine Verschwörung gegeben hat und auch nicht gibt, kann auch die *Alliance Israelite Universelle* an dieser Verschwörung nicht beteiligt gewesen sein oder sie gar veranlasst haben. Wir haben aus berufenem Munde gehört, dass die *Alliance Israelite Universelle* – mit der mein Mandant im Übrigen kaum etwas zu tun hat, außer ihr in der Vergangenheit kleinere Geldbeträge gespendet zu haben – lediglich die Aufgabe verfolgt, Juden, die in vielen Ländern unterdrückt werden, zu helfen – vor allem durch den Bau von Schulen.«

Ich mache eine kleine Pause, in der ich scheinbar gedankenverloren in meinen Papieren blättere. Ich trinke sogar einen Schluck Wasser aus dem bereitgestellten Glas, obwohl ich keinerlei Durst habe und mich zum Hinunterschlucken geradezu zwingen muss. Nein, ich habe die Pause nicht nötig; aber sie ist vonnöten, um den Zuhörern Gelegenheit zu geben, das Gesagte zu verdauen; das zumindest habe ich von Holomek gelernt.

»Der Angeklagte ist sich des Dilemmas, dass er keinerlei Beweise hat, durchaus bewusst«, erkläre ich in ruhigem Ton, »aber er behauptet, dass gerade dieses Fehlen von Beweisen beweise, dass es zu hoch- und landesverräterischen Machenschaften gekommen sei. Das Fehlen von Beweisen ist für ihn die letzte, entscheidende Bestätigung einer geheimbündlerischen Verschwörung. Genauso gut könnte er freilich behaupten, dass die Erde eine Scheibe sei, dass am Mars kleine grüne Männchen leben würden, Jack the Ripper ein illegitimes Kind von Königin Viktoria sei und der Papst Katholiken nach Amerika entsende, um die Vereinigten Staaten zu unterminieren. Jeder halbwegs vernunftbegabte Mensch weiß, dass all das völliger Unfug ist. Aber wie hat der Zeuge Professor Lazarus das genannt? *Selbst das äußerste Maß an Verleumdungssucht und Bosheit würde nicht ausreichen, einen solchen Gedanken zu fassen, wenn nicht noch der Wahnwitz hinzukäme.«*

Während ich meine Worte an das Hohe Gericht richte, entgeht mir nicht, dass sich in meinem Rücken eine feindselige Stimmung zusammengebraut hat. Der Saal ist zwar nicht ganz voll, aber es muss Holomek gelungen sein, wieder eine Reihe seiner fanatisierten Anhänger herein zu schleusen. Alle, die sich am Vortag danebenbenommen haben, sind wohl ausgeschlossen worden; aber offensichtlich gibt es einen schier unerschöpflichen Vorrat an solchen Leuten. Jedenfalls ist ein Zischeln und Flüstern zu vernehmen, ein leises, aber aggressives Knurren und Fauchen, das nach und nach immer lauter wird; immer bösartiger. Ich versuche, mich davon nicht aus dem Konzept bringen zu lassen. Ich versuche, in möglichst gelassenem Ton fortzufahren, kann jedoch nicht verhindern, dass sich ein fast unhörbares Zittern in meine Stimme einschleicht.

»Dennoch können wir, was der Angeklagte behauptet, nicht einfach ignorieren. Zum einen, weil diese Behauptungen bereits großen Schaden angerichtet haben. Zum andern, weil, wie ich mit Bedauern feststellen muss, diesen Wahnwitz relativ viele Menschen tatsächlich teilen. Holomek macht für alle Missliebigkeiten des Lebens die Juden verantwortlich. Er gibt ihnen an allem und jedem, das nicht so läuft, wie es sollte, die Schuld. Und da die meisten Menschen recht gerne Erklärungen hören, die ihr Versagen nicht bei sich selbst sehen, sondern bei anderen, fallen die Behauptungen des Angeklagten immer wieder auf fruchtbaren Boden.

Kaum jemand ist sich der Macht von Worten so bewusst wie Gerwald Holomek. Er ist Abgeordneter zum Reichsrat; Worte sind sein Geschäft. Er weiß, wie sich mit Worten ein Horrorszenario im Kopf seiner Zuhörer erzeugen lässt. Und was er seit Jahren an giftigen Samen ausstreut, zeigt ja auch Wirkung, wie sich nicht zuletzt in manchen Gesichtern, hier inmitten des Gerichtssaals, ablesen lässt.

Nur: Strafrechtlich ist die rhetorische Geschicklichkeit des Angeklagten ohne Belang. Es geht nicht darum, wem es am besten gelingt, Angst zu schüren und die Wahrheit zu verdrehen. Nein, vor Gericht geht es um Beweise, um Fakten, um alles, was wäg- und messbar ist.

Normalerweise landet daher ein Fall wie dieser auch nicht vor den Schranken des Gerichts. Er wird außerprozessual verglichen, indem der Verleumder eine Ehrenerklärung abgibt, sich entschuldigt und nicht nur die Kosten des Verfahrens übernimmt, sondern überdies einen beträchtlichen Betrag zur Wiedergutmachung spendet – die *Alliance Israelite Universelle* würde sich dafür hervorragend eignen.

Indes, das ist nicht geschehen. Holomek hat nicht zurückgezogen; und es muss die Frage erlaubt sein, warum nicht? Warum hat sich der Beklagte auf einen Prozess eingelassen, wenn ihm doch schon im Vorhinein bewusst sein musste, dass er die seinen absurden, rufmörderischen Diffamierungen inhärenten Behauptungen nicht beweisen kann. Warum also? Aus Hass auf Juden? Aus Hass auf *diesen Juden*? Wir wissen es nicht, und es ist letztlich auch ohne Bedeutung.

Was wir wissen, ist, dass sich der Angeklagte offenbar von seinen Lügen und Verleumdungen einen Vorteil verspricht – mutmaßlich einen politischen Vorteil. Und dieses Kalkül könnte, wenn ich mir die heutigen Berichte in manchen Zeitungen vor Augen führe, sogar aufgehen.«

Ich schüttle den Kopf, als könne ich, was ich eben gesagt habe, selbst nicht recht glauben; als wäre, was ich gesagt habe, viel zu absurd, um tatsächlich stimmen zu können. Auch diese kleine Schauspielerei gehört zum Geschäft, und zuweilen wünsche ich mir, in unseren Gerichten könne Recht gesprochen werden wie im Alten Ägypten. Dort wurden Gerichtsverhandlungen in vollkommenem Schweigen durchgeführt. Alle Argumente mussten schriftlich vorgebracht werden. Am Ende, wenn der Richter alle Schriftstücke studiert hatte, legte er ein geschnitztes Symbol für die Wahrheit auf eine der beiden Streitschriften, ohne dabei auch nur ein einziges Wort zu sagen. Man war damals ganz offensichtlich der Meinung, dass Reden die Rechtsverhältnisse nur verdunkle; all die rhetorischen Kunstgriffe der Anwälte, ihre Mimik, ihre Gestik, all die leidenschaftlichen Ausbrüche der Angeklagten und Zeugen waren verpönt.

Im Alten Ägypten wurde Meineid wie Mord bestraft – durch den Tod. Aber wir befanden uns nicht am Nil, sondern an der Donau. Und der Richter war kein Abgesandter eines lebendigen Gottes, sondern nur ein etwas überforderter, kleinwüchsiger, mieselsüchtiger Mann.

»Ich ersuche das Hohe Gericht«, setze ich zum Schluss an, »diese Absicht zu durchkreuzen. Die Verleumdung honoriger Personen, verdienter Offiziere und letztlich das Untergraben des Vertrauens des Volkes in die Armee dürfen nicht belohnt werden! Denn *das* ist der eigentliche hoch- und landesverräterische Akt, der heute sanktioniert werden soll. Und das, verehrter Herr Oberstaatsanwalt, sei auch Ihnen ins Stammbuch geschrieben!«

Ich nütze die Gelegenheit, Drescher einen eisigen Blick zuzuwerfen. Aber das ist vergebene Liebesmüh. Der Staatsanwalt, sonst ein energischer, aggressiver Mensch, hockt noch immer wie ein Häufchen Elend auf seinem Stuhl. Die Hände hat er vors Gesicht geschlagen; er bekommt offensichtlich nichts davon mit, was im Gerichtssaal passiert.

»Der Angeklagte«, schließe ich meine Ausführungen, »ist im Sinne der Anklage schuldig. Namens meines Mandanten ersuche ich das Hohe Gericht um ein angemessenes Urteil, den öffentlichen Widerruf der in seinem Buch *Die Juden-Schlösser* erhobenen Vorwürfe und schließlich die Beschlagnahme und Vernichtung des Buches. Ich danke Ihnen.«

Kaum hatte ich meinen Vortrag beendet, meine Unterlagen zusammengesammelt und mich daran gemacht, das Rednerpult zu verlassen, erhob sich im Zuschauerraum ein Sturm der Entrüstung. Ein Gejohle setzte ein, das es mir unmöglich machte, einzelne Beschimpfungen herauszuhören. Kurz war ich versucht, mich zum Publikum umzudrehen und zu verneigen.

Aber das würde mir lediglich einen Ordnungsruf des Vorsitzenden einbringen. Es wäre allzu billig – und vielleicht sogar gefährlich; ich wusste nicht, wie die Schergen Holomeks auf einen solchen Affront reagieren würden. Ich traute ihnen in diesem Augenblick durchaus zu, dass sie ihn zum Anlass nehmen würden, die Absperrung niederzutrampeln und die *Gerechtigkeit* in die eigenen Hände zu nehmen. So begab ich mich lediglich zu meinem Platz und versuchte, so gelassen wie möglich zu wirken, so, als würde ich die Schmähungen und Buhrufe, die auf mich niederprasselten, gar nicht hören.

## — XXII —

**DAS LETZTE WORT IN EINEM PROZESS HAT** das Hohe Gericht. Der Vorsitzende, dem es nur mühsam gelingt, die Ordnung wieder herzustellen, ermahnt das Publikum, sich des Ortes bewusst zu sein, an dem es sich befindet, und dem Gericht den ihm gebührenden Respekt zu bezeugen.

Mir fiel auf, dass der Richter nicht mehr damit drohte, den Saal räumen zu lassen. Die Anhänger Holomeks ließen sich von solchen Drohungen schon lange nicht mehr einschüchtern. Sie wussten längst, dass er sie nicht wahrmachen würde. Und der Richter wusste inzwischen, dass sie das wussten.

Ich hielt Wies von Wieselburgs Entscheidung damals für falsch – und tue das noch heute. Denn die Schreihälse hielten sein Zögern für Schwäche. In Wahrheit war es lediglich der verzweifelte Versuch, eine absurd verfahrene Verhandlung irgendwie zu Ende zu bringen.

Gerade als sich das Gericht zu seinen Beratungen zurückziehen will, steht Holomek auf und bittet nochmals um das Wort. Er wolle eine abschließende Erklärung abgeben. Er hat wieder sein jungenhaftes, freundliches Gesicht aufgesetzt, mit dem er so gut vorzutäuschen weiß, er könne kein Wässerchen trüben. Wieselburg berät sich kurz mit seinen beiden Beisitzern und nickt dann. Ich hielt auch diese Entscheidung für falsch – damals und heute. Der Angeklagte hat, sobald das Urteil gesprochen ist, das Recht auf abschließende Erklärungen; aber nicht vorher.

»Hohes Gericht«, beginnt Gerwald Holomek, »es geht in diesem Prozess nicht, wie die Kläger uns einzureden versuchen, um Ehrenbeleidigungen oder um Verleumdungen, es geht um unser Vaterland! Es geht darum, dass unser Vaterland in großer Gefahr schwebt! Man hat versucht, diese Gefahr als eine Chimäre hinzustellen, als eine Ausgeburt meiner Phantasie. Aber diese Gefahr existiert, und sie bedroht die

Monarchie existentiell – ebenso wie unsere deutschen Wurzeln, unsere Ehre, unsere Gesinnung, unsere geschichtliche Verantwortung, unsere Freiheit, ja, unsere ganze Art zu leben in Treue zu unserem geliebten Kaiser. Gewissenlose Kräfte planen den Umsturz, eine schleichende Revolution, an deren Ende unsere Welt untergegangen und unsere Ehre besudelt sein wird.

Dieses Gericht hat die Möglichkeit, die finsteren Mächte der *Alliance Israelite Universelle*, die die Herrschaft über ganz Österreich-Ungarn, ja, über die ganze Welt errichten will, in die Schranken zu weisen. Als Abgeordnetem des Reichsrates war es meine *Pflicht*, diese Gefahren aufzuzeigen, die heimlichen Verbindungen offenzulegen und alles zu tun, um eine Fremdherrschaft über unser geliebtes Vaterland zu vereiteln.

Sollte das Gericht meine aufrichtigen Bemühungen, als Patriot der Gefahr für unsere Heimat entgegenzutreten, bestrafen, will ich das gerne ertragen – wenn gleichzeitig die Gefahr, die von den Juden ausgeht, erkannt und gebannt wird!

Sollte dieses Gericht aber die Augen davor verschließen und vorgeblich im Namen des Volkes, aber gegen das *Volk (dabei drehte er sich um und ließ seinen Blick über die Reihen gleiten)* urteilen, sollte es sich weigern, die nötigen juristischen Maßnahmen gegen die wahren Feinde des Reichs zu ergreifen, werde ich selbst im Gefängnis nicht ruhen und rasten, um gegen die jüdische Gefahr vorzugehen. Sie werden sich noch wundern, was alles möglich ist!«

Das *Volk* bricht bei diesen Worten in Beifall und Jubel aus. Der Vorsitzende schlägt mit seinem Hammer auf den Tisch, bis sich der Tumult wieder gelegt hat. Es befinden sich offensichtlich immer noch ausreichend viele Parteigänger Holomeks im Gerichtssaal, um einen Wirbel zu machen. Zwar stellen sie nicht mehr die Mehrheit, aber sie machen so viel Lärm, als wären sie in der Überzahl.

Holomeks Ton ist noch immer freundlich, aber was er sagt, ist geradezu ungeheuerlich: »Sollte dieses Gericht die Gefahr für uns alle ignorieren, sollte es die Tatsache einer jüdischen Weltverschwörung nicht ernst nehmen, wird es sich eines Tages vor einem höheren Gericht zu verantworten haben: vor dem höchsten Gericht, nämlich vor dem Gericht der Geschichte!«

Erneut beginnen seine Anhänger laut zu schreien: »Nieder mit den Juden!« Holomek dreht sich um und bedeutet seinen Anhängern, sich zu beruhigen. Tatsächlich kehrt wieder Ruhe ein. Den Verweis des Richters, seine Worte an das Hohe Gericht und nicht an das Publikum zu richten, nimmt der Angeklagte freundlich lächelnd zur Kenntnis, während er gleichzeitig in seinem Rücken eine wegwerfende Bewegung machte, die erneut zu hämischen Ausbrüchen führt.

»Viele meiner Freunde«, fährt Holomek lächelnd fort, »haben Zweifel an der Integrität dieses Gerichtshofs. Aber ich glaube daran, dass der Herr Vorsitzende und seine beiden Beisitzer die Wahrheit, so sehr sie auch vernebelt wurde in den letzten Tagen, erkennen und zur richtigen Entscheidung gelangen werden. Ich glaube daran, wie ich an Ehre und Treue glaube, an die deutschen Wurzeln unseres Volkes, als dessen Vertreter ich heute hier stehe.«

Bei diesen Worten erheben sich seine Anhänger im Gerichtssaal wie *ein* Mann, nehmen Haltung an, salutieren, heben die rechte Hand wie zum Gruß und halten die Blicke nach oben gerichtet. Der Vorsitzende, der schon wütend gegen diese neuerliche Demonstration protestieren will, hält eine Sekunde inne und sagt dann: »Sie müssen sich nur erheben, wenn das Gericht den Saal betritt oder verlässt. Wenn Sie sich außerhalb dieser Gelegenheiten erheben, geben Sie damit zu erkennen, dass Sie den Saal verlassen wollen. Ich halte es für eine gute Gelegenheit, wenn Sie das jetzt tun. Gerichtsdiener, führen Sie die stehenden Herren hinaus!«

Nach zahllosen Provokationen hatte sich der gesunde Menschenverstand beim Vorsitzenden also doch noch durchgesetzt.

Nach eineinhalbstündiger Beratung erkennt der Gerichtshof wegen der erhobenen, rufschädigenden Beleidigungen auf zweieinhalb Jahre, davon sechs Monate Gefängnis unbedingt, verschärft durch sechs Fasttage. Zur Urteilsbegründung stellt der Vorsitzende fest: »Die Tauglichkeit der Schön'schen Gewehrverschlüsse ist durch allenfalls aufgetretene Mängel keineswegs beeinträchtigt worden. Die Militärbehörden stellten vielmehr die glänzendsten Ergebnisse fest. Der Angeklagte hat offenbar die ganze Sache nicht verstanden. Aber das ist ihm nicht zum Vorwurf zu machen.

Schuldig befunden wurde der Angeklagte der Beleidigung der beiden Leiter der Schön'schen Fabrik, aber vor allem wegen der erhobenen, als unwahr erkannten Anschuldigung, tausendfünfhundert Gewehrschlösser seien widerrechtlich gestempelt worden; ferner wegen mehrfacher, schwer kränkender Beleidigungen gegen die Privatkläger sowie wegen schwerer Beleidigung des Büchsenmachers Kirchner und seiner Mitarbeiter. Da kein Beweis dafür erbracht worden ist, dass Holomek die Unrichtigkeit seiner Behauptungen erkannt hat, ist gegen ihn der mildernde Paragraph angewendet worden. Die von ihm behauptete Wahrnehmung berechtigter Interessen liegt hingegen nicht vor.

Der Angeklagte wird deshalb verpflichtet, eine öffentliche Ehrenerklärung für die Privatkläger abzugeben, seine in seinem Buch ›Die Juden-Schlösser‹ getätigten Aussagen öffentlich zu widerrufen und als Schuldanerkenntnis der *Alliance Israelite Universelle* den Betrag von tausend Kronen als Spende zu übergeben. Die Sitzung ist geschlossen.«

Für einen Augenblick herrscht atemlose Stille im Gerichtssaal. Dann, als sich das Richterkollegium bereits erhebt, setzt unmittelbar vor den Saaltüren ein Sturm der Entrüstung ein. Die Anhänger Holomeks, die nach ihrem Hinauswurf nicht mehr in den Saal gelassen worden sind, skandieren abwechselnd »Freiheit für Holomek! Freiheit für die Wahrheit!« und »Nieder mit den Juden!«

Die Richter, die sich längst zurückgezogen haben, wollen oder können diesem Aufruhr nicht Einhalt gebieten. Die Saalwärter haben alle Hände voll zu tun, die Schreihälse aus dem Gericht zu bringen. Draußen, auf den Stufen vor dem Gebäude, schreien sie sich weiter die Seele aus dem Leib, und die Journalisten, die am Ende des Prozesses immer zahlreicher erschienen sind, schreiben eifrig in ihre Notizblöcke, als Gerwald Holomek ins Freie tritt und von seinen Anhängern gefeiert wird wie ein Held.

## XXIII

**ICH GING NICHT MEHR INS BÜRO, SONDERN GLEICH** nach Hause. Meine Frau erwartete mich an der Tür. Sie hat ein besonderes Talent darin entwickelt, an meiner Miene zu erkennen, ob ich gewonnen oder verloren habe. Aber an diesem Abend war sie unsicher, und ich war es auch. Ich hatte gewonnen – und doch verloren.

Ich konnte mir gut vorstellen, was in den Abendzeitungen stehen würde. Seltsamerweise belastete mich das weniger als der Gedanke an Valerie. Ich konnte mir tausendmal vorsagen, sie sei nichts als eine Ehebrecherin; ich wollte sie wiedersehen. Ich wollte ihre Stimme hören.

Ich wollte ihren Duft einatmen. Ich wollte spüren, ob ihre Ausstrahlung, die mich bei meinen beiden Besuchen gefangengenommen hatte, noch immer wirkte.

Ich erklärte meiner Frau, keinen Appetit zu haben und zog mich in mein Arbeitszimmer zurück. Ich zündete mir eine Zigarre an und schaute gedankenverloren aus dem Fenster. Ich lauschte den Geräuschen, die von der Straße heraufdrangen; den erregten Stimmen zweier streitender Frauen; dem Schnauben eines Pferdes, das an seinem Zaumzeug zerrte; dem Rufen einer Mutter nach ihrem Benedikt; dem Schlagen eines Fensters gegen den Rahmen; dem Wind, der in den Blättern der Linden flüsterte; einem fernen Hämmern, wohl aus der Werkstatt des Schusters, der am Hafnersteig auch unsere Schuhe reparierte.

Ich weiß nicht, wie lange ich so stand. Ich wurde aus meinen Gedanken aufgeschreckt, als meine Frau leise an die Tür klopfte und mitteilte, Herr Schön sei gekommen. Ich dämpfte meine heruntergebrannte Zigarre aus und begab mich ins Wohnzimmer.

Schön entschuldigte sich, mich privat behelligen zu müssen. Mein Adlatus habe ihm die Adresse gegeben; es gebe noch etwas zu besprechen. Ich bat ihn in mein Arbeitszimmer, wo ich ihm eine Zigarre anbot. Er nahm an, was allein zeigte, wie aufgewühlt er war. Dann öffnete er seine Aktentasche und legte wortlos mehrere Abendausgaben der Zeitungen auf den Tisch. Ich nahm den Stapel in die Hand, überflog aber nur die Schlagzeilen. Die *Neue Freie Presse* hatte getitelt: »Holomek verurteilt! Skandal im Landesgericht!« Die *Allgemeine Wiener Zeitung* schrieb: »Umstrittenes Urteil im Judenschlösser-Fall!« Und als fettgedruckte Unterzeile: »Holomek: Der Antisemitismus wird erst aufhören, wenn der letzte Jude verschwunden ist.« Auf der Titelseite der *Deutschen Zeitung*, einem Leibblatt des Abgeordneten, stand in riesigen Lettern: »Majestät, gebt frei das Volk vom Joch der Juden!« Lediglich die *Arbeiterzeitung* hielt in einer Sonderausgabe dagegen: »Holomek verurteilt! Schön rehabilitiert!«

Ich legte die Zeitungen zurück auf meinen Schreibtisch und lehnte mich zurück. Mir war nicht ganz klar, was mein Mandant von mir erwartete.

»Sie haben das Wichtigste übersehen«, sagte der Fabrikant, während er wütend an seiner Zigarre zog und dicke Rauchschwaden in die Luft blies. Er suchte das Alldeutsche Blatt aus dem Stoß, schlug es auf und wies mit dem Finger auf einen schwarz markierten Absatz auf der Seite 2. Ich begann zu lesen:

»Hier in unserem geliebten Vaterland Österreich«, wurde die Rede zitiert, die Gerwald Holomek auf den Stufen des Gerichts vor der versammelten Presse und seiner Anhängerschaft gehalten hatte, »sind die Verhältnisse so, dass sich die Juden auf dem besten Wege befinden, die Macht zu übernehmen. Nicht mehr lange, und unsere Handwerker werden zu den Juden betteln gehen müssen! Nicht mehr lange, und die letzte deutsche Zeitung wird in jüdischer Hand sein! Den weitaus größten Teil des Kapitals haben sie sich ja schon unter den Nagel gerissen! Die Juden üben einen Terror aus, wie er ärger nicht gedacht werden kann! Und jetzt haben sie offenbar auch die Gerichte unter ihre Kontrolle gebracht!«

Die Zeitung berichtete, dass die Rede von lauten Bravo- und Pfui-Rufen begleitet gewesen sei. Schließlich habe Holomek unter tosendem Applaus gefordert, dass Österreich aus der Vorherrschaft des Judentums befreit werden müsse. Wieder wurde er wörtlich zitiert: »Wir wollen auf dem Boden unserer Väter freie Männer sein und dort herrschen, wo unsere Vorfahren geblutet haben. Ohne Juda, ohne Rom wird erbaut Germanias Dom!« Bei diesem Zitat Georg von Schönerers sei der Jubel grenzenlos gewesen.

Daneben befand sich ein Kommentar, in dem der nicht genannte Autor seine antisemitische Gesinnung nur notdürftig verhüllt hatte und die Entscheidung des Gerichts in der Strafsache gegen den Abgeordneten heftig kritisierte:

»Wie«, fragte er, »soll ein gerechtes Urteil zustande kommen, wenn Zeugen dreist lügen und Gegenzeugen gar nicht erst aussagen dürfen? Wenn es nur noch darauf anzukommen scheint, wer mehr Geld, wer den größeren Einfluss und die besseren Anwälte hat? Wer wird es künftig noch wagen, jüdische Machtgier als das anzuprangern, was sie ist – wenn ihm dafür Gefängnis droht? Die Entsittlichung bestimmter Kreise hat nun auch die Justiz erfasst – und damit eine der letzten, noch für intakt gehaltenen Bastionen, auf denen unser Staatswesen ruht.«

Schön hatte Recht; das war harter Tobak. Aber ich dachte ganz automatisch wie ein Advokat, und nicht wie ein Freund, den er jetzt vielleicht viel eher gebraucht hätte: »Ich bin mir nicht sicher, ob diese

Aussagen klagbar sind. Allenfalls könnte man eine Rufschädigung aus der Unterstellung konstruieren, dass das Gericht bestochen worden sei. Aber es ist eher die Sache der Justiz, sich hier zu verwehren.«

Schön schüttelte den Kopf. Seine Stimme klang müde, erschöpft.

»Ich fürchte«, sagte er, »Sie haben mich missverstanden. Ich habe keinesfalls die Absicht, nochmals vor Gericht zu gehen. Einmal hat mir vollauf genügt!« Er beschrieb mit seiner Zigarre einen Halbkreis.

»Sie hatten von Anfang an Recht«, fuhr er schließlich fort, »wir haben den Prozess gewonnen, aber einige Zeitungen werden mich von nun an regelrecht verfolgen und nicht mehr aus ihren Klauen lassen. Vom *Volk* ganz zu schweigen. Ich mache mir Sorgen. Um meine Firma. Um meine Familie. Um Valerie! Wie wird sie es aufnehmen? Wie wird sie damit fertig werden? Was kann ich tun, um sie zu beschützen?«

Er hatte die ganze Zeit zu Boden geblickt. Jetzt hob er den Kopf und schaute mich direkt an. Valerie. Bei allem, was er gesagt hatte, war es vor allem um sie gegangen. Um sie sorgte er sich. Sie hielt er für schutzlos. Und so, wie er mich ansah, vermutete ich, dass er ganz genau wusste, wie es um mich stand: Dass ich Valerie ebenso begehrte wie er selbst. Und sie, wie er, beschützen wollte.

Ich setzte meine Anwaltsmiene auf und antwortete betont distanziert: »Das Wichtigste ist wohl der Schutz Ihrer Familie. Stellen Sie sicher, dass niemand Ihrer Frau und Ihren Kindern Schaden zufügen kann. Lassen Sie niemanden an sie heran. Mit den Zeitungen werden wir schon fertig. Wir werden sie für jede rufschädigende Zeile verklagen, bis sie schwarz werden.«

»Und Valerie?«, fragte er.

»Wie Sie richtig gesagt haben: Die Zeitungen werden Sie, Herr Kommerzialrat, unter die Lupe nehmen. Und eines Tages wird irgendein Journalist Ihre Verbindung zu Valerie herausfinden. Von da an ist es nur noch ein kleiner Schritt, um zu entdecken, was sie ist oder zumindest war. Oder Holomek wird es ihm stecken. Und dann wird das in der Zeitung stehen und breitgetreten werden. Aber auch in diesem Fall kommt Ihre Familie zuerst: Es könnte sie zerstören. Es könnte Ihrer Firma ernsten Schaden zufügen. Valerie ist eine ganz andere Geschichte.«

Ich machte eine Pause. Ich beobachtete aufmerksam, wie er meine Worte aufnahm: »Das Beste wird wohl sein, und in Wahrheit ist es das Einzige, was Sie überhaupt tun können, ja tun müssen: Trennen Sie sich von ihr! Oder Gräfin Kronsky verlässt Wien. Es ist einfach zu gefährlich! Wenn sie erst einmal weg ist, kann die Presse nur noch Vermutungen anstellen; alles, was sie dann noch in der Hand hat, sind Gerüchte. Sie werden sich hüten, damit an die Öffentlichkeit zu gehen.«

Schön schüttelte resigniert den Kopf. »Zu diesem Ergebnis bin ich auch schon gekommen. Aber wie soll das gehen? Wie soll ich ohne sie leben?«

»So, wie Sie, bevor Sie sie kennenlernten, gelebt haben«, antwortete ich leise. Salomon Schön erwiderte meine Feststellung mit dem hoffnungslosesten Blick, den ich je gesehen hatte.

## XXIV

**ICH SUCHTE VALERIE KRONSKY BEREITS AM** nächsten Nachmittag auf. August hatte ihr meine Karte mit der Bitte gebracht, mich zu empfangen. Sie hatte umgehend geantwortet, sie freue sich, mich wiederzusehen.

Valerie bewohnte eine großzügige Zimmerflucht in einem Biedermeierhaus in der Praterstraße, ganz in der Nähe des Donaukanals, der, wie nur die ältesten Wiener wissen, gar kein Kanal ist, sondern einer der vielen Seitenarme der Donau, der nach der Regulierung des Stroms erhalten geblieben ist. Ich bat den Kutscher zu warten, obwohl ich nicht wusste, wie viel Zeit mein Auftrag in Anspruch nehmen würde.

Auf mein Klopfen hin öffnete zu meiner Überraschung Baronin Mairhofer, die mir bei meinen früheren Besuchen als eine Freundin der Gräfin vorgestellt worden war, nun aber so etwas wie die Funktion einer Hausdame zu erfüllen schien. Die Wahl Valeries überraschte mich. Die Baronin galt als klatschsüchtiges Weib, das ununterbrochen redete, alles über die neueste Mode wusste und bis obenhin mit Nichtigkeiten angefüllt war.

Die Baronin führte mich in den Salon und bat mich, Platz zu nehmen. Hier erlebte ich die nächste Überraschung. Der Salon war nicht nach dem neuesten Geschmack eingerichtet, er zeigte weder die Überladenheit barocker Pracht noch die kühle Unnahbarkeit der Neogotik, sondern strahlte mit seinen in Kirsche ausgeführten Biedermeiermöbeln einen hellen, freundlichen, überaus femininen Charakter aus. Alles war sehr großzügig arrangiert, der Kaffeetisch mit den goldgelb tapezierten Stühlen, die Sitzgruppe, ein paar Kommoden, ein kleiner Schreibtisch, die Blumen-Etageren. Tapeziert war der Raum mit einem silbrigen Blumenmuster. Die Bilder an den Wänden stammten von einem Maler, den ich nicht kannte: helle, lasierend gemalte Landschaften. Es fehlte alles Schwere in diesem Raum; sogar die Vorhänge waren nicht, wie es gerade Mode war, in schwerem, bordeauxroten Samt ausgeführt, sondern eine Kombination aus weißer Spitze und hellgelben Seitenteilen.

Aber all das verblasste, als kurz darauf Valerie Kronsky das Zimmer betrat. Sie war noch schöner, als ich sie in Erinnerung hatte. Ihre blonden Haare hatte sie, wie schon bei unserer ersten Begegnung, aufgesteckt; der Anblick ihres wunderbaren weißen Halses genügte, um meine professionell-distanzierte Haltung zum Einsturz zu bringen. Sie trug ein raffiniert geschnittenes, schwarzes Kleid, das einfach aussah, aber vermutlich ein Vermögen gekostet hatte. Für ihre Wespentaille hätte meine Frau gemordet.

»Es ist schön, Sie wiederzusehen«, sagte sie, während sie auf mich zukam, um mir die Hand zu reichen. Ich hatte ihre Stimme nie vergessen können, und doch fuhr sie mir jetzt wie ein Schwerthieb ins Herz. Ich erhob mich und küsste ihre Hand.

»Behalten Sie doch bitte Platz!«, bat sie mich und setzte sich mir gegenüber an den Couchtisch. »Was darf ich Ihnen anbieten?«

Ich hatte mich so gut, wie ich nur konnte, gegen ihren Anblick gewappnet. Aber es gab vor ihrem Liebreiz keinen Schutz. Das Schiller-Wort »O, stärket mein Herz, daß mich der Anblick nicht verwirre, des Geistes Helle nicht mit Nacht umgebe! Ich fürchte keine als der Schönheit Macht«, fiel mir spontan ein.

Während wir miteinander plauderten (ich habe keine Erinnerung daran, worüber), konnte ich Valerie ungeniert betrachten: ihre großen Augen, ihre vollen Lippen, ihre hohe Stirn, das helle Haar. Alles in diesem Gesicht schien symmetrisch zu sein, und ihre Haut, die entweder kaum geschminkt war oder so raffiniert, dass ich es nicht bemerkte, war glatt, hell, ohne den geringsten Makel. Valerie war an den richtigen Stellen voller geworden seit meinem letzten Besuch, noch weiblicher, wenn das überhaupt vorstellbar war. Während sie sprach, lächelte sie immer wieder; ihre Hände waren in steter Bewegung; wie zwei kleine Vögel, die ein besonderes Spiel spielen. Ich konnte meine Augen nicht von ihr abwenden. Die Baronin brachte uns Tee, zog sich aber gleich wieder zurück.

»Wie ist es Ihnen ergangen?«, fragte ich Valerie.

Sie lachte. »Wie Sie sehen, habe ich Ihr Testament noch nicht benötigt.«

»Sie sind also wieder ganz gesund. Das freut mich.«

Plötzlich wurde sie ganz ernst. »Ich nehme nicht an, dass Sie gekommen sind, um über meine Gesundheit zu sprechen.«

Ich hatte keine Ahnung, wie ich meinen Auftrag erfüllen sollte. Am liebsten wäre ich aufgestanden, hätte meinen Hut genommen und mich empfohlen. Andererseits wollte ich aber auch bleiben, so lange wie möglich, und sie ansehen und ihren Anblick in mich aufsaugen, um davon zu zehren in stillen Nächten. Das Schlimme war, dass sie mich permanent verwirrte; ich war kaum imstande, etwas Vernünftiges zu artikulieren. Einen Moment lang dachte ich daran, alles ins Lächerliche zu ziehen, vor allem mich selbst. Aber selbst diese Entblößung hätte mich nicht gerettet.

Schließlich war sie es, die mir weiterhalf: »Ich glaube, ich weiß, warum Sie gekommen sind.« Sie machte eine kleine Pause und sah mich aufmerksam an. Noch immer war sie völlig ernst, und unter den prüfenden Augen in ihrem Engelsgesicht schrumpfte ich merklich zusammen.

»Ich habe den Prozess sehr aufmerksam verfolgt«, fuhr sie fort, »Sie sind ein guter Anwalt. Aber das Urteil stand wohl schon im Vorhinein fest. Salomon würde gewinnen – und gleichzeitig verlieren.«

»Ich hätte es nicht besser zusammenfassen können«, erwiderte ich, »jetzt sieht es so aus, als müsste Schön den Preis dafür bezahlen.«

»Er hat Sie beauftragt?«, fragte sie.

»Er hat sich außerstande gesehen, Ihnen unter die Augen zu treten. Er – schätzt sie sehr. Mehr als das. Aber er sieht keinen Ausweg. Wenn Sie eine Lösung für sein Dilemma wüssten, würde ihn das zum glücklichsten Menschen auf Erden machen.«

Sie schwieg. Auch ich schwieg. Die Vorstellung, die Bedingungen der Auflösung ihrer fragwürdigen Beziehung zu Schön zu verhandeln, war mir zutiefst zuwider. Aber früher oder später würde ich es tun müssen. Als sie dann zu sprechen begann, war ihre Stimme leise, heiser, verloren – eine Erinnerung an unsere erste Begegnung. Fast schien es, als habe sie vergessen, dass ich überhaupt da war. Die Vorstellung, in der sie sich als schöne junge Frau voller Lebenslust und Optimismus präsentiert hatte, war vorbei.

»Ich weiß nicht«, begann sie, »ob Sie eine Vorstellung davon haben, wie es ist, allein zu sein. Manchmal, wenn mir das bewusst wurde, war ich wie betäubt. Dann lernte ich Salomon kennen. Er hat mich gerettet. Er hat mich buchstäblich gerettet – am meisten wohl vor mir selbst.«

Sie seufzte. »An manchen Tagen schien es, als bestehe mein Leben nur darin, auf ihn zu warten – darauf, dass sich die Tür öffnet und er da ist.«

Sie lachte freudlos auf. »Ich weiß, dass Sie für die Baronin Mairhofer nichts übrig haben. Nein«, schüttelte sie den Kopf, »widersprechen Sie mir nicht. Über den Austausch von Höflichkeiten sollten wir längst hinaus sein!«

Valerie wurde wieder ganz ernst. »Sie war mir eine gute Freundin, die beste Freundin, die man sich in meiner Situation nur wünschen kann. Sie hat mich täglich aufgesucht und jedes Mal angekündigt, sie könne nur wenige Minuten bleiben.« Sie lachte; ein leises, wehmütiges Lachen. »Geblieben ist sie dann schließlich stundenlang. Sie ist nicht von meiner Seite gewichen. Manchmal war mir, als müsse ich schreien – wenn ich es denn vermocht hätte.«

Sie erhob sich, ich sogleich mit ihr, doch sie bedeutete mir, Platz zu behalten. Sie ging zu einem kleinen Spiegel und betrachtete sich darin.

Sehr leise fuhr sie fort: »Mein Spiegelbild war damals der einzige Beweis, dass ich überhaupt noch lebte. Ich hatte das Gefühl, ich müsse mich befreien, ich wusste nicht genau, wovon. Aber ein Verlangen, stärker als alles andere, hielt mich zurück; ein Zwang, die Gestalt, die ich im Spiegel sah, als das anzuerkennen, was sie ist. Ich fühlte, dass es nichts Wichtigeres gab, nichts Dringlicheres als diese Prüfung.«

Sie drehte sich um und blickte mir wieder ins Gesicht: »Sie müssen mich für verrückt halten – und glauben Sie mir, ich war nahe daran. Aber ich überschritt diese Schwelle nicht. Dann kam Salomon, führte mich von diesem zerstörerischen Spiegel weg und gab mir mein Gesicht zurück.« Sie lachte, ein kleines, trauriges Lachen. »Ja, so war es. Das ist der Kern der Rettung, die er mir angedeihen ließ.«

Valerie drehte sich um, kauerte sich in den Lehnstuhl, in dem sie zuvor gesessen war. Sie zog die Beine an und machte sich ganz klein. Sie presste die Fäuste an ihre brennenden Schläfen. Es dauerte, bis sie wieder klar denken konnte. Dann erst wurde sie gewahr, dass ich neben ihr kniete und ihre Hände umklammerte. Sie sah mich aus tränenlosen Augen an, schüttelte sich und richtete sich auf: »Sie müssen den denkbar schlechtesten Eindruck von mir haben. Verzeihen Sie mir, dass ich mich habe gehen lassen.«

Ich redete auf sie ein, aber sie hörte nicht zu. Wie damals, als sie noch unter den Nachwirkungen ihrer schweren Erkrankung und dem Verlust ihres Mannes gelitten hatte, nahm sie von einem Augenblick zum anderen eine distanzierte Haltung ein.

»Nun, Herr Advokat«, sagte sie, »sagen Sie, was Sie zu sagen haben. Schließlich ist hier niemand gestorben. Es ist nur etwas zu Ende gegangen, das zu benennen offenbar schwer fällt.«

Ich trug ihr – und ich fürchte: stammelnd – die Vereinbarungen vor, die Schön und ich am Vorabend ausgeheckt hatten. Valerie hörte mich an, aber ich war nicht sicher, ob sie verstand, was ich anbot. Dennoch nickte sie immer wieder und gab zu verstehen, sie sei mit allem einverstanden. Schön überließ ihr die Wohnung, den Schmuck, die Kleider, die er ihr geschenkt hatte. Er würde ihr eine monatliche Apanage zahlen. Er empfahl ihr, Wien zu verlassen. Er werde auch dafür aufkommen.

Wenn ich gekonnt hätte, wäre ich laut schreiend davongelaufen. Verglichen mit diesem Auftrag wäre es, dachte ich, geradezu ein Vergnügen, einen Frauenmörder zu verteidigen.

Als ich fertig war, stand ich auf. Die Baronin brachte in demselben Augenblick meinen Hut, als hätte sie hinter der Tür gelauscht – was sie wohl auch tatsächlich getan hatte.

Valerie trat ganz nahe zu mir, hob ihr Gesicht. »Nimm mich in die Arme«, sagte sie, »nur ganz kurz.« Und ich nahm sie in die Arme, atmete ihren Duft ein, legte meine Lippen an ihren weißen Hals, spürte ihren Körper an mir, ihre Wärme, ihr schlagendes Herz, nur ganz kurz – und war verloren.

Stattdessen sagte sie: »Sagen Sie Salomon, dass ich mit allem einverstanden bin. Ich verstehe, warum er sich nicht anders entscheiden konnte. Er soll sich keine Sorgen machen, ich komme schon zurecht. Man lernt, mit Verlust umzugehen, wenn man ihn oft genug erfährt.« Dann reichte sie mir die Hand, und die Tür schloss sich hinter mir.

## — XXV —

**MEINE KUTSCHE WARTETE. ICH WÄRE LIEBER** zu Fuß nach Hause gegangen – ein Stück am Donaukanal entlang, um wieder zur Ruhe zu kommen. Aber so verkroch ich mich lediglich im nach Pferd und Leder riechenden Dunkel des geschlossenen Verdecks.

Es war einer jener Abende, die fast schon magisch sind. Während die Stadt die meiste Zeit einfach nur laut und schmutzig und voller Menschen ist, die keine Zeit und kein Sensorium für die tausend Dinge haben, die der Beachtung wert wären, verwandelt sich Wien manchmal in den Ort, wie er in Liedern besungen wird. Die Geräusche von der Straße und aus den offenen Fenstern der Häuser klingen dann fröhlich, erwartungsvoll, voller Sinnlichkeit und Lust auf das Leben. Im Donaukanal spiegeln sich die Lichter, schwimmen fort und fort in unbekannte Welten.

Der Nachthimmel wacht über allem in einem tiefen Tintenblau, in dem ein paar hellere Wolken schwimmen und dazwischen die Sterne glitzern. Die Lichter aus den Fenstern der Häuser leuchten goldgelb – wie ein Versprechen. Musik liegt in der Luft. Alles duftet nach frisch aufgeplatzten Lindenblüten.

So war das an diesem Abend. Aber keines dieser Wunder brachte mir Trost. Nicht nur Schön, auch ich, so kam es mir vor, hatten an diesem Abend alles verloren.

Als wir über die Marienbrücke fuhren, bemerkte ich einen eigenartigen, beißenden Geruch. Ich beugte mich aus der Kutsche, um herauszufinden, woher dieser Geruch kam. Der Kutscher deutete mit seiner Peitsche nach vorne. Und jetzt, nachdem ich den Kopf ganz aus dem Verdeck gesteckt hatte, sah ich den Feuerschein, der den Himmel beleuchtete. Ganz offensichtlich brannte es in der Innenstadt, irgendwo in der Nähe der Ruprechtskirche. Bald sah ich nicht nur den Widerschein, die Flammen selbst schlugen über die Dächer der Häuser.

Eine große Menschenmenge eilte erregt zum Brandherd – aber wohl eher nicht, um den vom Feuer Betroffenen beizustehen, sondern um Maulaffen feil zu halten, eine in Wien sehr beliebte Form der Unterhaltung. Jetzt hörte ich auch das Klingeln der Feuerwehrwagen, die sich mühsam einen Weg durch die Menge zu bahnen versuchten.

Ich befahl dem Kutscher anzuhalten, bezahlte und stieg aus. Meiner Abneigung gegen Ansammlungen nicht achtend, folgte ich den sich vorwärts drängenden Leuten, die offenbar ganz genau wussten, wohin sie wollten. Wir wälzten uns durch die Rotenturmstraße und über den Fleischmarkt.

Das Feuer musste nun ganz in der Nähe sein, denn der Brandgeruch wurde immer stärker und ätzender. Bei den Stufen hinauf zur Judengasse gab es kein Weiterkommen mehr. Der Wind wirbelte kleine Aschefetzen in die Luft und ließ sie wieder sinken.

Erst am nächsten Tag erfuhr ich von August, der sich auf dem Heimweg befunden hatte, was vorgefallen war. Offenbar hatten sich ein paar Jugendliche (ihre Beschreibung ließ mich an die Gesinnungsgenossen Holomeks denken) erst über ein paar Krüge Bier und anschließend über ein paar Geschäfte in der Judengasse hergemacht. Mit Eisenstangen bewehrt hatten sie Fenster eingeschlagen.

Anschließend waren sie grölend zur Synagoge marschiert. Während der ganzen Zeit war von der Polizei nichts zu sehen gewesen. Einer der Männer hatte bei einer Baustelle eine große Kanne Petroleum entdeckt, und damit wären diese Radaubrüder imstande gewesen, den Tempel anzuzünden.

Vor der Synagoge habe sich, berichtete August, eine große Menschenmenge versammelt. Ein Teil der Gaffer habe das Spektakel lautstark begrüßt und die Brandstifter angefeuert; ein anderer habe voller Entsetzen und Faszination zugeschaut. Aber niemand sei eingeschritten.

Einer der Raufbolde habe sich offenbar an einer herabfallenden Glasscheibe verletzt und sei von seinen Kameraden weggeführt worden. Die anderen hätten mittlerweile versucht, in die Synagoge einzudringen. Das sei ihnen allerdings nicht gelungen, weil die Türen geschlossen und verbarrikadiert gewesen seien. Schließlich habe jemand die brennende Petroleumkanne durch das offene Fenster in eines der Nachbarhäuser geworfen. Sofort hätten sich Vorhänge und Teppiche entzündet. Das Feuer habe sich mit rasender Geschwindigkeit ausgebreitet, die Flammen schienen geradezu von Stockwerk zu Stockwerk zu springen, und bald hätten sie aus dem Dachstuhl geschlagen.

Wegen der vielen Schaulustigen sei es der Feuerwehr lange nicht gelungen, durchzukommen. Erst als der Brand auf Nachbargebäude überzugreifen drohte, habe man die Löschwagen passieren lassen. Für das Haus, in dem das Feuer gelegt worden war, sei es freilich zu spät gewesen; es brannte fast vollständig aus. An den Nachbargebäuden entstand nur relativ geringer Sachschaden. Auch die Synagoge blieb unversehrt.

Als endlich auch die Polizei aufgetaucht sei, hätten sich die Brandstifter längst aus dem Staub gemacht oder in der Menge verkrochen; niemand hätte sagen können, wer die Männer waren, die die Schaufenster kaputtgeschlagen und das Feuer gelegt hatten. Nicht einer der Umstehenden konnte oder wollte auch nur einen Namen nennen.

In der folgenden Woche bemühte ich mich, die Dinge wieder ihren normalen Gang gehen zu lassen. Ich verbot mir, an Valerie zu denken und lenkte mich, so gut ich konnte, ab. Ich diktierte Schriftsätze, die durchaus noch Zeit gehabt hätten. Oder ich gab vor, einen Kunden zu besuchen, und machte dann tatsächlich jemandem meine Aufwartung, ohne zuvor meinen Besuch angekündigt zu haben, was die eine oder andere unangenehme Situation mit sich brachte.

Die meiste Zeit aber verhielt ich mich, als wäre nichts geschehen; als gäbe es nichts, was mich beunruhigte; als hätte mich der Prozess um Holomek und Schön nicht aus der Bahn geworfen.

Ich war überzeugt, dass niemand auf den Gedanken kommen konnte, dass etwas mit mir nicht stimmte. Manchmal spürte, dass meine Frau mich beobachtete, wenn sie glaubte, ich würde es nicht bemerken. Aber sie sagte nie etwas. Alles, was sich allenfalls verändert hatte, war, dass ich die Zeitungen genauer las, in der kranken Hoffnung, etwas über Valerie oder Salomon Schön darin zu erfahren. Aber ich fand lediglich einen Artikel über den Abgeordneten Holomek, der im Parlament eine dringliche Anfrage an den Polizeiminister eingebracht hatte.

Wie, wurde er zitiert, gedächte der hochverehrte Herr Minister auf den täglich zunehmenden Terror der Juden gegen die ansässige Bevölkerung Wiens zu reagieren. Mittlerweile, behauptete Holomek, müssten aufrechte Bürger angesichts der Untätigkeit der Sicherheitswache das Recht bereits in die eigenen Hände nehmen, um sich gegen Übergriffe zu wehren.

Die Antwort des Ministers, las ich, sei äußerst zurückhaltend ausgefallen. Seine Partei, wurde gemutmaßt, müsse damit rechnen, nach der nächsten Wahl nicht über die nötige Mehrheit zu verfügen und einen Koalitionspartner zu benötigen, wofür sich die Alldeutsche Vereinigung anbieten würde, die man deshalb nicht verärgern wollte. So erklärte der Minister lediglich, die Wiener könnten sich vollkommen sicher fühlen, die Polizeipatrouillen seien bereits verstärkt worden; es gebe allerdings keinerlei Hinweise auf Übergriffe – von welcher Seite auch immer. Wien sei, wie schon immer, eine Stadt, in der Ruhe, Ordnung und Sicherheit herrschten.

Holomek habe daraufhin repliziert, von Ruhe, Ordnung und Sicherheit könne keine Rede sein, wenn – und hier wurde er wörtlich zitiert – »die Juden nicht einmal davor zurückschrecken, unsere Haupt- und Residenzstadt anzustecken«.

Er scheute sich also nicht, die Brandstiftung den Juden in die Schuhe zu schieben.

Ansonsten waren meine Tage ruhig und ereignislos. Den Prozess gegen den Bankbeamten, der Steuern hinterzogen hatte, verschleppte ich nach allen Regeln der Kunst. Auch das Verfahren gegen den Fleischermeister, den seine Spielleidenschaft in die Bredouille gebracht hatte, verzögerte ich in der vagen Hoffnung, er werde endlich zur Vernunft kommen und seine Probleme außergerichtlich klären; nur den Prozess gegen den Mann, der seiner Geliebten Vitriol ins Gesicht geschüttet hatte, konnte ich nicht verhindern. Der Mann wurde verurteilt, vielleicht, weil sich mein Engagement angesichts dieser verabscheuungswürdigen Tat in Grenzen hielt.

Dann kam die Berufungsschrift des Advokaten Hartheim im Verfahren gegen Gerwald Holomek mit der Morgenpost. Hartheim hatte eine sehr ausführliche Begründung vorgelegt; sie war entweder von langer Hand vorbereitet, oder aber Hartheims Arbeitsstil war von einer geradezu beängstigenden Effizienz. Er listete minutiös jeden Zeugen auf, dessen Vernehmung das Gericht zurückgewiesen hatte – und behauptete, diese Zeugen wären von elementarer Bedeutung für die Beweisführung der Verteidigung gewesen. Schon allein die Weigerung, diese Zeugen zu hören, beweise die Voreingenommenheit des Gerichts.

Er stellte die Niederlegung seines Mandats als eine Notwehrmaßnahme angesichts der vorverurteilenden Verhandlungsführung dar. Die negative Einstellung des Gerichts habe offensichtlich politische Gründe. Sogar der zu Beginn des Verfahrens aufgeschlossene, der Wahrheitsfindung verpflichtete Staatsanwalt habe sich bald so unter

Druck gesetzt gesehen, dass er sich der vorgefassten Meinung des Richtersenats unterworfen habe.

Hartheim behauptete, der Senat hätte sich von Anfang an für befangen erklären müssen – und forderte, dass im Falle einer Zurückverweisung des Verfahrens an die erste Instanz ein anderer Senat die Verhandlung führen müsse. Als Beweis für das tendenziöse Gebaren führte er neben der Weigerung, zusätzliche Zeugen der Verteidigung aufzurufen, seine eigene Bestrafung wegen Missachtung des Gerichts an. Wie, fragte er polemisch, solle man ein Gericht hochachten, das die Grundsätze der Objektivität mit Füßen trete und an der Wahrheit offensichtlich kein Interesse habe? Wie solle man angesichts solcher Umstände einen Mandanten verteidigen, dem die ungeheuerlichsten Vorwürfe gemacht würden, obwohl jedem, der dem Verfahren beigewohnt habe, klar geworden sein müsse, dass sein Mandant aus purem Verantwortungsbewusstsein gehandelt habe?

Er verstieg sich zur Behauptung, sein Mandant sei geradezu ein Held, dessen Warnungen vor den ohne jeden Zweifel existenten Gefahren in Bezug auf die Verteidigungsfähigkeit des Kaiserreichs zumindest ernsthaft in Erwägung zu ziehen gewesen wären; stattdessen habe man ihn vor Gericht wie einen verleumderischen Renommisten behandelt. Hartheim ging sogar so weit, einzelnen Zeugen Meineid zu unterstellen; dabei formulierte er jedoch so geschickt, dass die von ihm erhobenen Vorwürfe, wiewohl ins Auge springend, nicht einklagbar sein würden.

## — XXVI —

**NACHDEM ICH MEINE REPLIK AUSGEFERTIGT HATTE,** schrieb ich Salomon Schön, um ihm meinen Besuch am nächsten Tag anzukündigen. Die Vorlage von Hartheims Berufung und meine Erwiderung boten mir einen ausreichenden Vorwand.

Ich setzte Schön ohne lange Vorrede ins Bild; er zeigte sich jedoch nur mäßig interessiert an meinen Ausführungen. Schon nach der Urteilsverkündung hatte er angedeutet, dass ihm an der Weiterführung des Prozesses nicht gelegen sei. Ich hatte ihn damals darauf hingewiesen, dass der Lauf der Gerechtigkeit jetzt nicht mehr gestoppt werden könne. Ich verglich den Instanzenweg mit einem Güterzug, der zwar mit geringer Geschwindigkeit unterwegs sei, aber ohne Bremsen; sein beträchtliches Gewicht werde alles niederwalzen, das sich ihm in den Weg stelle. Sobald man diesen Zug bestiegen habe, sei man dem Lokführer auf Gedeih und Verderb ausgeliefert. Es gehe nur noch darum, möglichst unbeschadet ans Ziel zu gelangen. Aber Schön hatte schon damals kaum auf meine blumige Interpretation reagiert und schien auch jetzt kein Verständnis für die juristischen Zwänge zu haben. Ich entschloss mich, die Sache ganz anders anzugehen.

»Wie geht es Ihnen?«, fragte ich, hoffend, darauf eine Antwort zu erhalten, die über die üblichen Floskeln hinausging. Doch Schön schüttelte lediglich den Kopf. »Ich werde die Fabrik verkaufen«, antwortete er. Als er bemerkte, dass mich dieser Entschluss irritiert, ja erschüttert hatte, fuhr er nach einer Pause nachdenklich fort:

»Wissen Sie, wie das ist, fremd zu sein, sich fremd zu fühlen? Jemand hat einmal gesagt, bei einem Fremden handle es sich um jemanden, der heute kommt und morgen bleibt.« Er lachte bitter auf. »Ich habe allen Ernstes geglaubt dazuzugehören, und bin offenbar doch immer als Fremder erkennbar geblieben.«

Ich erwiderte, wenig überzeugend, wie ich befürchten muss, dass ich ihn nie als Fremden angesehen hätte. Aber er schüttelte bloß den Kopf, wie um einen lästigen Gedanken zu verscheuchen, und fuhr leise fort: »Fremd zu sein, heißt nicht nur damit konfrontiert zu sein, zu spüren, wie die anderen einen sehen. Fremd zu sein bedeutet auch, sich auch selbst fremd zu fühlen. Ich sehe anderen Leuten zu, wie sie sich für junge Hunde, Theaterstücke oder einen Sonnenuntergang begeistern. Nur ich fühle nichts. Manchmal kommt es mir vor, als würde ich nur aus einem Kopf bestehen, aus einem Kopf und einem Rumpf – aber ohne Empfindungen.«

Und dann, ganz unvermittelt: »Aber das ist nicht das Schlimmste. Das Schlimmste ist, dass meine Erinnerungen verblassen. Ich kann nicht einmal das festhalten, was ich einmal gefühlt habe.« Er ließ den Kopf sinken. »Seit sie nicht mehr da ist«, sagte er resignierend, »bin ich nicht mehr der Mensch, der ich war. Solange ich sie besucht habe, habe ich mich immer am meisten davor gefürchtet, meine Frau könnte es erfahren. Aber ich war lebendig! Ich war so lebendig, dass ich nicht mehr schlafen wollte. Wie gerne hätte ich aller Welt erzählt, was mit mir geschah – dieses Wunder! Und gleichzeitig hatte ich Angst, panische Angst!« Er schüttelte den Kopf. Dann, nach einer langen Pause, in der wir beide warteten, dass der andere das Wort ergreifen würde, sagte er: »Sie sollten jetzt gehen – ich bin kein angenehmer Gesprächspartner. Alles, was mir noch bleibt, ist, den Rest meiner Selbstachtung zu retten. Und das gelingt nur, wenn ich fortgehe.«

Schön teilte mir mit, er werde voraussichtlich nach Krakau ziehen; er habe früher dort gelebt und noch Verwandtschaft in der Gegend. Nicht, dass er sich dort weniger fremd fühlen werde als hier. Aber vielleicht gelänge es ihm, einen neuen Anfang mit seiner Familie zu finden. Er gestand mir ein, dass es Probleme gebe. Steyr-Mannlicher habe seinen Auftrag, die Gewehrschlösser für die vom Heer bestellten Repetiergewehre zu produzieren, zurückgezogen. Natürlich sei das nicht aus eigenem Antrieb geschehen, sondern auf Veranlassung der Heeresverwaltung. Und natürlich habe es nie etwas Schriftliches gegeben; nichts, wogegen man vorgehen könne. Aber das habe er ohnedies nicht vor. Vielleicht bestehe sogar die Chance, dass die Firma, sobald er weg sei, den Auftrag wieder erhalte. Aber das würde ihn dann nicht mehr betreffen; er sei dann nicht mehr da.

»Gibt es schon einen Käufer?«, fragte ich ihn.

»Ja«, antwortete er, »es gibt Interessenten. Die wissen natürlich ganz genau, warum ich verkaufen muss und versuchen das auszunützen. Aber das ist mir egal. Es geht mir nicht darum, möglichst viel Geld herauszuschlagen. Ich will nur einen halbwegs angemessenen Preis.«

»Und Valerie?«, fragte ich.

»Valerie«, antwortete er, und ich sah, wie er darum kämpfte, sich nicht anmerken zu lassen, wie sehr ihn der Gedanke an seine Geliebte schmerzte, »Valerie ist fort. Sie ist fortgezogen, weit genug, um nicht mehr verletzt werden zu können. Sie ist in Sicherheit, soweit man in diesem Leben überhaupt in Sicherheit sein kann.«

## — XXVII —

**IM DEZEMBER, WENIGE TAGE VOR WEIHNACHTEN,** langte der Bescheid des Oberlandesgerichts in der Strafsache Holomek ein. Der Berufung war nicht stattgegeben und auch die Möglichkeit einer außerordentlichen Revision ausgeschlossen worden. Holomek musste ins Gefängnis. Er hatte sich verrechnet. Hätte er nichts weiter getan als einen

Juden zu verleumden, wäre ihm nicht viel passiert. Aber er hatte sich, um Salomon Schön zu schaden, mit der Heeresverwaltung angelegt; und damit mit der obersten Instanz des Kaiserreichs. Diese Leute ließen nicht mit sich spaßen. Die Behauptung, die k.u.k. Armee sei wehrlos, und das, weil sie auf die Umtriebe eines Juden hereingefallen sei, ließ die Obrigkeit nicht auf sich sitzen.

Ich griff zum Telefon, das ich nur widerstrebend benütze – ich vertraue dieser neumodischen Erfindung nicht und fühle mich seltsam unsicher und abgelöst von mir, sobald ich einer schwarzen Sprechmuschel meine Gedanken anvertrauen soll. Aber ich musste dringend mit Schön sprechen. Ich hoffte, dass es ihn erleichtern würde zu hören, dass sein alter Feind zumindest für eine Zeitlang aus dem Verkehr gezogen sein und danach nicht mehr über die Macht verfügen würde, die ihm als Abgeordnetem zur Verfügung stand. Ich hoffte, Schön aus seiner tiefen Depression zu erlösen und ihn dazu zu bringen, seine Fabrik doch nicht zu verkaufen und im Lande zu bleiben.

Sobald die Verbindung hergestellt war, ein Vorgang, der meine Ungeduld auf eine gehörige Probe stellte (ein weiterer Grund, das Telefon zu meiden), wurde mir mitgeteilt, dass die Fabrik bereits verkauft und Herr Kommerzialrat Schön verreist sei; man wisse nicht, wann er zurückkehre – wenn überhaupt. Unter dieser Nummer sei er jedenfalls nicht mehr erreichbar. Ich legte auf und dachte darüber nach, was ich als Nächstes tun könnte.

August liebt, im Gegensatz zu mir, das Telefon. Wenn es nach ihm ginge, würde er die ganze Zeit den Kurbelinduktor betätigen und das Fräulein vom Amt mit einer Verbindung beauftragen. August ist mindestens so introvertiert wie ich, aber sobald er eine Sprechmuschel vor sich hat, wird er ein anderer Mensch. Er wirkt dann gelöst und kann sogar charmant sein. Keine Frage, er würde die neue Adresse meines Mandanten über das Meldeamt in Krakau in Windeseile herausfinden. Ich überlegte kurz, ob ich ihn auch beauftragen sollte, nach der Adresse von Valerie Kronsky zu forschen, verbot es mir aber. Schon ihren Namen laut auszusprechen, erschien mir gefährlich; so als weckte man einen Dämon, der besser weiterschlafen sollte.

Kurze Zeit später nannte mir August bereits die Adresse. Ich sagte, dass ich Schön schreiben wolle und deshalb ungestört sein müsse. August fragte, warum ich nicht anriefe – das ginge schneller und sei viel persönlicher. Ich wollte ihm meine Abneigung gegen das Telefon nicht eingestehen, und so blieb mir nichts anderes übrig, als mich verbinden zu lassen.

Die Verbindung war schlecht, es krachte und pfiff in der Leitung, und ich konnte mich kaum verständigen. Ich bat, Kommerzialrat Schön an den Apparat zu holen; ich sei sein Anwalt. Die Antwort war kaum verständlich, aber ich meinte, ein Aufschluchzen zu vernehmen; vielleicht täuschte ich mich auch, es konnte am Kabel liegen.

Schließlich, nach einer längeren Wartezeit, meldete sich eine Stimme: »Schön.« Aber es war nicht Schöns Stimme, die ich hörte, sondern die einer Frau.

»Gnädige Frau«, sagte ich, »ich möchte mit Herrn Kommerzialrat Schön sprechen. Könnten Sie ihn bitte an den Apparat holen?«

Darauf blieb es still, und nur an den Geräuschen in der Leitung erkannte ich, dass die Verbindung noch bestand. Ich wollte eben meine Bitte wiederholen, weil ich möglicherweise nicht verstanden worden war. Aber dann sagte sie: »Mein Mann ist tot. Mein Mann wurde gestern Nacht erschossen.« Und noch ehe ich etwas erwidern konnte, legte sie auf.

Ich war wie vor den Kopf gestoßen. Ich saß, den Hörer noch immer in der Hand, an meinem Schreibtisch und bewegte mich nicht. Ein gleichmäßiges Rauschen drang aus dem Apparat; wie ein langsam fließender Fluss, der die Zweige eines Baumes, die bis ins Wasser reichen, ein Stück mitnimmt.

Ich weiß nicht, wie lange ich so dasaß. Nur langsam kam ich wieder zu mir. Ich erzählte August, was ich erfahren hatte. Er erbot sich, bei der Polizei in Krakau nachzufragen. Ich war zwar überzeugt, dass man ihm nichts sagen würde; nicht in einem schwebenden Verfahren. Aber ich nickte – und mehr brauchte es nicht, um ihn zu seinem geliebten Kurbelinduktor zu treiben.

Ich saß noch immer an meinem Schreibtisch, ohne zu wissen, wieviel Zeit vergangen war, als er wiederkam. Er hatte einiges herausgefunden und war stolz darauf, dass er die Idee gehabt hatte, sich als Advokat des Verstorbenen auszugeben.

Trotzdem war es nicht viel, das er mir berichten konnte. Schön habe es sich in Krakau zur Gewohnheit gemacht, jeden Abend von seinem

Haus an einer Straße, die Tadeusza Kosciuszki hieß, einen ausgedehnten Spaziergang entlang der Weichsel bis zur Altstadt, dem Stradom und der Basztowa zu machen. Unweit des Franziskanerklosters habe ein Unbekannter drei Mal auf ihn geschossen und ihn dabei in die Brust getroffen. Schön habe noch gelebt, als er gefunden worden sei, sei aber bald darauf seinen Verletzungen erlegen.

Augenzeugen habe es keine gegeben, lediglich eine sehr vage Beschreibung eines Mannes, der sich nach den Schüssen eilig vom Tatort entfernt habe. August gab seinen Eindruck zum Besten, die Polizei tappe völlig im Dunkeln, wisse weder etwas über den Mörder noch über das Motiv. Schön habe erst sehr kurze Zeit in Krakau gelebt und war bis dahin nicht aufgefallen; niemand könne sich vorstellen, wie er sich in so kurzer Zeit einen Todfeind gemacht habe.

Ich hatte noch einen weiteren Auftrag für meinen Adlatus: Ich bat ihn, in der Parteizentrale der Alldeutschen Bewegung anzurufen und sich zu erkundigen, ob der Abgeordnete Holomek zu sprechen sei. Diesen Auftrag erledigte August ebenfalls sehr schnell: Der Herr Abgeordnete sei auf Reisen und werde erst morgen oder übermorgen zurückerwartet. Natürlich war das kein Beweis für Holomeks Schuld, aber ich konnte mir bei einem Menschen seiner charakterlichen Veranlagung gut vorstellen, dass er, wissend, dass er schon bald ins Gefängnis musste, mit seinem Intimfeind abgerechnet hatte. Ich konnte mir sogar vorstellen, wie er Salomon Schön verfolgt hatte; und es brauchte nicht viel Phantasie, sich auszumalen, dass sich Schön auf dem Weg zu seiner Geliebten befunden hatte.

Ich saß noch immer an meinem Schreibtisch, als August in mein Büro kam, um sich zu verabschieden, nicht ohne zu fragen, ob ich noch einen weiteren Auftrag für ihn hätte. Ich verneinte.

Es war nicht so, dass mir tausend Gedanken durch den Kopf gegangen wären; es gingen mir überhaupt keine Gedanken durch den Kopf; mein Kopf war völlig leer. Ich fand nicht einmal die Kraft, aufzustehen, meinen Mantel anzuziehen und nach Hause zu gehen. Kurz blitzte die Angst in mir auf, Holomek könnte es auch auf mich abgesehen haben und hinter einer dunklen Ecke auf mich warten.

Als ich mich endlich aufraffte, war es bereits sehr spät, fast Mitternacht. In meiner Paranoia nahm ich nicht den üblichen Weg über die Dominikanerbastei, sondern wählte die besser beleuchtete, aber weitere

Route über den Stubenring und den Kai. Auf dem Heimweg schalt ich mich einen Narren, Detektiv spielen zu wollen; die Polizei würde schon wissen, wie man den Mörder am besten findet. Aber ich hatte natürlich auch meine Erfahrungen mit der Polizei gemacht; wenn sie nicht gleich dahinterkommen würde, wer der Täter war und den üblichen Verdächtigen nichts nachweisen konnte, würden die Bemühungen der Beamten schon bald im Sand verlaufen.

Wahrscheinlich kam niemand außer mir auf die Idee, Holomek könnte der Mörder sein. Ich hatte nicht den Hauch eines Beweises gegen ihn. Ich hatte nur meine Intuition; und meine Abneigung.

Während ich, mich immer wieder umblickend und vor jedem Schatten zurückschreckend, nach Hause eilte, kam mir die Idee, einen anonymen Brief an die Polizei in Krakau zu senden; damit konnte ich mein Gewissen beruhigen, das von mir verlangte, die ermittelnde Behörde über den heftig geführten Rechtsstreit und die Konsequenzen für Holomek in Kenntnis zu setzen, ohne dabei Gefahr zu laufen, ins Fadenkreuz des Mörders zu gelangen.

Meine Frau schlief noch nicht. Während sie mir ein leichtes Abendbrot zubereitete, erzählte ich ihr, was geschehen war. Meine persönliche Involvierung verschwieg ich ebenso wie meine Absicht, mich anonym in die Ermittlungen einzuschalten. Aber meine Frau ist klug, und manchmal kommt es mir fast so vor, als könne sie meine Gedanken lesen.

»Was wirst du also tun?«, fragte sie.

»Nichts«, antwortete ich. Sie schüttelte milde den Kopf. Sie kennt mich gut genug, um ganz genau zu wissen, dass *nichts zu tun* nicht zu meinen Stärken zählt.

»Also?«, forderte sie mich auf.

»Vielleicht schreibe ich der Polizei in Krakau und setze sie ins Bild.«

»Und was wird der Mörder tun, wenn er davon erfährt?«, fragte sie.

»Ich werde den Brief nicht unterzeichnen«, sagte ich, stolz darauf, auf alles eine Antwort zu wissen.

»Wäre ich der Mörder«, widersprach sie, »würde ich genau wissen, von wem diese Informationen stammen. Sofern diese Person das Verbrechen überhaupt begangen hat. Vielleicht hat Holomek ja ein Alibi.«

Ja, vielleicht hatte Holomek ein Alibi. Ich hatte keine Ahnung, wie ich das herausfinden sollte. Aber es war auch nicht wichtig. Ich wusste, was ich wusste. Und je länger ich darüber nachdachte, desto mehr war ich davon überzeugt, dass ich vielleicht der Einzige war, der ganz genau verstand, was in Krakau geschehen war.

Am nächsten Morgen nahm ich einen Bogen Papier zur Hand, suchte in der untersten Schublade nach einem Federkiel und begann zu schreiben.

*Sehr geehrte Herren! Der Mörder von Salomon Schön ist der Wiener Reichsrats-Abgeordnete Gerwald Holomek. Er hasst Schön und hat ihn als Vaterlandsverräter verleumdet. In einem Aufsehen erregenden Prozess wurde er verurteilt und muss ins Gefängnis. Dafür macht er Schön verantwortlich. Überprüfen Sie, wo er sich zum Zeitpunkt des Anschlags aufgehalten hat. Ein besorgter Bürger.*

Als ich den Briefbogen in ein Kuvert steckte, das ich an die Polizeidirektion Krakau adressiert hatte, überfiel mich kurz schlechtes Gewissen; im Grunde machte ich nichts anderes als das, was ich Holomek im Prozess vorgeworfen hatte: Ich verleumdete einen Menschen, ohne auch nur die Spur eines Beweises für meine Behauptungen zu haben. Aber ich schüttelte diese unerfreulichen Gedanken schnell ab und erklärte August, ich müsse außer Haus gehen.

Am Heumarkt fand ich einen Briefkasten, der mir weit genug entfernt von meinem Büro und meiner Wohnung erschien. Aber ich warf den Brief nicht ein. Ich zerriss ihn in kleine Papierschnitzel.

## — XXVIII —

**ZURÜCK IN MEINEM BÜRO ÖFFNETE ICH DIE** unterste Schublade meines Schreibtisches. Ich nahm den Revolver in die Hand, den mein Vater dort deponiert und vermutlich schon lange, ehe er verstorben war, vergessen hatte. Ich hatte die Waffe erst nach seinem Tod entdeckt; vermutlich wusste nicht einmal meine Mutter etwas davon.

Es war eine Smith & Wesson No 3, eine amerikanische Waffe. Es waren sechs Patronen geladen, die mir sehr klein erschienen, aber, wie ich gelesen hatte, eine verheerende Wirkung für den hatten, der davon getroffen wurde. Irgendwo, hatte ich ebenfalls gelesen, gab es einen Kippmechanismus, mit dem der Revolver entladen werden konnte. Aber ich rührte lieber nicht daran. Die Waffe war mir unheimlich, auch wenn es mich verlockte, sie in die Hand zu nehmen; sie gab mir das Gefühl verborgener Macht. Einer Macht, an der es mir öfter, als mir lieb war, gebrach.

Ich war froh, dass ich den Brief nicht abgeschickt hatte. Ich bin Anwalt. So wie ich im Kreuzverhör keine Frage stelle, deren Antwort ich nicht kenne, setze ich normalerweise keine Handlungen, deren Konsequenzen unwägbar sind. Der Brief hätte vermutlich überhaupt nichts bewirkt; jedenfalls nicht in Bezug auf die polizeilichen Ermittlungen und eine spätere Verurteilung. Dass die Polizei in Krakau ernsthaft eine Spur verfolgte, die zu einem Abgeordneten in Wien führte, war mehr als zweifelhaft.

Sollte aber Holomek je davon erfahren, dass er angeschwärzt worden war, würde er wohl nicht ruhen, bis er herausgefunden hat, wer der Urheber dieser Bezichtigung war. Gemessen an dem, was er Schön angetan hatte, konnte ich mir ausmalen, was er mir – oder schlimmer: meiner Familie – antun würde. Der Mann verfügte noch immer über große Macht. Anders war es nicht erklärlich, dass er trotz eines rechtskräftigen Urteils nicht bereits in Haft war. Er hatte zwar inzwischen als Abgeordneter zurücktreten müssen; dagegen hatte er sich lange gewehrt. Das war besonders augenfällig bei einem Mann, der mit Rücktrittsforderungen sonst sehr schnell zur Hand war. Schon der geringste Verdacht auf Korruption oder ein Fehlverhalten genügte ihm bei anderen Politikern, sie aus ihren Ämtern jagen zu wollen.

Bei sich selbst legte er etwas andere Maßstäbe an. Er wurde auch von Teilen der Presse noch immer mit Samthandschuhen angefasst; kaum eine Zeitung hatte den Umstand thematisiert, dass er eines Verbrechens schuldig gesprochen worden war; kaum eine hatte darüber berichtet, wie hartnäckig er sich an sein Mandat klammerte; darüber, dass das Urteil Rechtskraft erlangt hatte, hatten sich die Zeitungen überhaupt ausgeschwiegen. Ja, Holomek musste mächtige Freunde haben, bis hinein in die Regierung; vielleicht sogar bis hinein ins Herrscherhaus. Er ging, wie ich erfahren hatte, nach wie vor im Parlament aus und ein, ließ sich nach wie vor als »Herr Abgeordneter« titulieren und zog aus der zweiten Reihe in seiner Partei die Fäden.

Es kam deshalb auch nicht infrage, dass ich eine offizielle Erkundung anstellte, was die Justizbehörden daran hinderte, ihn wie jeden anderen Straffälligen zu behandeln. Wahrscheinlich würde man mir in schnoddrigem Ton mitteilen, dass Holomek aus gesundheitlichen

Gründen temporäre Haftverschonung genieße, oder irgendeinen anderen Unsinn.

Ich kann nicht sagen, wann sich in mir die Überzeugung verfestigte, nicht in derselben Welt leben zu wollen, in der Gerwald Holomek sein Gift verströmt und seine aufhetzenden Reden hält. Je länger ich darüber nachgrübelte, umso sicherer wurde ich, dass nur er Salomon Schön erschossen haben konnte. Und damit durchkommen würde.

Ich bin katholisch erzogen worden; nicht streng religiös, aber doch so, dass ich an das Böse als etwas real Existierendes glaube. Aber ich denke dabei nicht die armen Würstchen, die ich zuweilen verteidige, weil sie in einer ausweglos erscheinenden Lebenssituation etwas Schreckliches getan haben. Nein, ich denke dabei an ganz andere Menschen. Einige meiner Mandanten sind wirklich böse, sie sind gefühllose, gewissenlose, niederträchtige Charaktere. Oft waren sie gar keiner großen Verbrechen angeklagt. Aber ich spürte, dass sie zu jeder Schandtat imstande wären, ohne die geringsten Bedenken außer vielleicht jener, erwischt zu werden. Sie traten als Verführer auf, als Verderber, als Verräter; sie stürzen jeden ins Unglück, der mit ihnen in Berührung kommt.

Ich lernte abgrundtief böse Menschen auch auf der anderen Seite der Schranken des Gerichts kennen: Richter und Staatsanwälte, die nicht einfach nur verbittert, griesgrämig oder übellaunig waren, sondern bösartig. Sie gebärdeten sich, als wären sie von Gott selbst als Rächer eingesetzt worden; sie wähnten sich stets im Recht und verhängten grundsätzlich die schwersten Strafen. Welches Schicksal auch immer vor ihnen ausgebreitet wurde, nichts fand je ihre Nachsicht. Wie einige der schlimmsten Angeklagten, die ich erlebt hatte, waren sie bar jeglichen Erbarmens. Sie waren nichts als Inquisitoren, brutal, tyrannisch, niederträchtig, hinterhältig – und scheinheilig.

Auch auf Holomek traf diese Beschreibung zu. Auch er war ein Tyrann, ein Lügner, ein Aufhetzer, ein Demagoge, ein Seelenvergifter, ein Verleumder – und ein Mörder! Die Welt wäre, war ich überzeugt, ein besserer Ort, gäbe es ihn nicht. Bis zu dem Augenblick, an dem ich den Revolver meines Vaters in der Hand hielt, war ich nie auch nur auf den Gedanken gekommen, das fünfte Gebot infrage zu stellen.

Ein Philosoph, ich weiß nicht mehr wer, hat einmal gesagt: »Wer sich in der Verantwortung der Schuld entziehen will, stellt seine persönliche

Unschuld über die Verantwortung für die Menschen, und er ist blind für die heillosere Schuld, die er gerade damit auf sich lädt.« Und ich erinnerte mich natürlich an Schillers Ballade »Die Bürgschaft«, in der in höchst pathetischer Weise diese Verantwortung, die jeder Mensch für alle anderen Menschen trägt, zum Thema gemacht wurde.

In meiner Praxis hatte sich noch nie jemand darauf berufen, einen Tyrannenmord begangen zu haben, um seine Tat zu entschuldigen. Aber vielleicht war es ja zu viel der Ehre, Holomek als Tyrannen zu bezeichnen. Er war gefährlich, das ja, und er konnte noch viel gefährlicher werden, hielte er eines Tages noch mehr Macht in seinen Händen. Er war eine selbstbezogene, maßlose, von Begierden und Ängsten gleichermaßen getriebene Gestalt. Und er hatte einen guten Menschen ermordet; das war Schön stets geblieben, auch nachdem er auf Abwege geraten war.

An diesem Abend steckte ich, ehe ich das Büro verließ, den Revolver in die Manteltasche. Ich wusste aus dem Akt, wo Holomek wohnte. Mit einer Droschke ließ ich mich nach Sievering bringen und stieg Ecke Sieveringer Straße/Friedlgasse aus. Kaum war das Gefährt in der Grinzinger Allee verschwunden, begab ich mich in die Hohenauer Gasse. Dort läutete ich bei Nummer 8. Die Pistole verbarg ich hinter meinem Rücken. In diesem Augenblick wusste ich nicht, was ich tun würde. Ich wusste nicht, ob ich schießen oder unverrichteter Dinge umkehren würde. Wäre Holomek nicht zuhause, würde er nie erfahren, was ich vorgehabt hatte. Ich würde den Mut für einen zweiten Versuch nicht aufbringen.

Holomek kommt selbst an die Tür. Da die Gasse unbeleuchtet ist, tritt er vor bis ans Gatter und steht mir schließlich gegenüber.

»Ja?«, fragt er übellaunig. »Was wollen Sie?«

Mir wird klar, dass er mich in meiner winterlichen Vermummung nicht erkannt hat. Er trägt einen recht eleganten, bordeauxroten Morgenmantel und ist in Pantoffeln. Mir kommt der absurde Gedanke in den Sinn, er werde sich verkühlen, wenn wir uns hier draußen länger unterhalten würden; der Boden ist von Schnee bedeckt und eiskalt.

»Ja?«, wiederholt er seine Frage, nun schon verärgert, weil ich ihm keine Antwort gegeben habe.

»Warum haben Sie Schön erschossen?«, stammle ich. Es ist die einzige Frage, die mir in diesem Augenblick einfällt.

Holomeks Augen weiten sich; ich sehe in seinen Augen plötzliches Erkennen. Plötzliches Erkennen und Angst. Aber nicht vor mir; warum auch. Sondern die Angst, ertappt worden zu sein und die Konsequenzen dafür tragen zu müssen.

»Scheren Sie sich zum Teufel!«, krächzt er und will sich abwenden.

»Warten Sie!«, rufe ich, richte die Pistole auf ihn und schieße.

## — XXIX —

**ICH BIN EIN VOM GERICHT BESTELLTER ADVOKAT.** Ich vertrete Ganoven, Schwindler, Diebe, Mordbrenner, Frevler, Halsabschneider, Wegelagerer, Falschmünzer, Beutelschneider, Hochstapler, Fälscher – und Mörder; und jetzt bin ich selbst einer.

Nachdem ich geschossen hatte, drehte ich mich um und ging weg. Ich zwang mich, nicht zu laufen, während alles in mir schrie, die Beine in die Hand zu nehmen. In der Obkirchergasse fand ich eine Droschke; der Kutscher döste vor sich hin und war froh, einen Fahrgast zu bekommen. Ich gab ihm nicht die Gelegenheit, mich genauer zu mustern. Den Hut tief ins Gesicht gezogen, vor dem Mund einen Schal, ließ ich mich in die Innenstadt fahren; in der Nähe der Karlskirche stieg ich aus.

Ein paar Tage lang berichteten die Zeitungen atemlos vom Mord an dem Abgeordneten. Nachrufe erschienen, die Holomek als einen Staatsmann von hoher Integrität priesen. Wo auf den Prozess Bezug genommen wurde, lobte man ihn als außerordentlich verantwortungsvollen Politiker, der sich nicht gescheut habe, Missstände selbst um den Preis seiner persönlichen Freiheit aufzudecken. Niemand bezweifelte, dass er noch eine große Karriere vor sich gehabt hätte.

Die Polizei tappte im Dunkeln; sie hatte, wie sich bald herausstellte, so gut wie keine Spur. Zwar wurden zahllose Leute, Anarchisten, Sozialisten, Radikale, Juden und politische Gegner verhört; einer Klärung des Verbrechens kam man aber nie auch nur nahe. Nach dem Attentat hatten zwar mehrere Personen, die in der Hohenauer Gasse wohnten, eine Gestalt beobachtet, doch die Beschreibungen blieben viel zu vage für eine Fahndung.

Niemand ahnte, was ich getan hatte. Den Revolver hatte ich in einen Gully geworfen, ehe ich in die Droschke gestiegen war; wahrscheinlich würde er nie gefunden werden.

Seltsamerweise hatte ich keine Gewissensbisse. Ich wusste genau, dass, was ich getan hatte, falsch war. Aber ich wusste es nur mit dem Kopf. In meinem Bauch regten sich keinerlei Schuldgefühle. Eher hatte ich das Gefühl, dass es richtig gewesen sei, so zu handeln. Jeder Mensch hat einen ethischen Kompass, und ich habe mich immer für einen Mann mit hohen moralischen Ansprüchen gehalten; ich hatte erwartet, von Selbstvorwürfen gequält zu werden. Aber da war nichts. Ich wusste, dass, was ich gemacht hatte, falsch war; mein Verstand ließ da keinerlei Ausflüchte zu. Aber ich *empfand* nicht, etwas Entsetzliches angestellt zu haben. Eine Zeitlang fragte ich mich, ob mit mir etwas nicht in Ordnung sei.

Selbst meiner Frau, die ihre Sensorien punktgenau auf mich ausgerichtet hat, fiel nichts auf – weil da nichts war. Vielleicht eine kleine seelische Leere; aber das war eine alte, keine neue Erfahrung; vielleicht eine gewisse anhaltende Freudlosigkeit; vielleicht ein bisschen mehr Trübsinn und Mutlosigkeit als sonst.

Dann, aus heiterem Himmel, brach ich eines Morgens in meiner Kanzlei zusammen. Es war, als hätte jemand die Sehnen in meinen Beinen durchgeschnitten. Plötzlich hatte ich heftige Schmerzen in der Brust. Sie waren so stark, dass ich meinte, etwas, das in meinem Körper die Kontrolle übernommen hatte, versuche mich zu vernichten. Dieses Etwas in mir versuchte mich zu erdrücken; mein Oberkörper wurde zusammengepresst, als lege sich ein immer enger werdendes Metallband um meinen Brustkorb.

Während ich am Boden lag und überlegte, wie ich August auf mich aufmerksam machen könnte, überfiel mich heftige Übelkeit. Ich erbrach mich und hatte gerade noch die Geistesgegenwart, meinen Kopf zur Seite zu drehen, um nicht am Erbrochenen zu ersticken. Und noch während der Schmerz durch meine Glieder raste und meine Brust von dieser zerstörerischen Gewalt schier zerquetscht wurde, noch während ich dalag unter einer gigantischen Faust, die mich zu erdrücken drohte, und verzweifelt um Atem rang, entdeckte ich, dass an der Decke meines Büros ein Wasserschaden aufgetreten war. Und ich dachte, dass ich nun zu Baronin Längesfeldt, einer alten, schlecht riechenden Witwe, hinaufgehen müsse, um sie darauf anzusprechen.

Dann wurde die Decke gleißend weiß, mein Gesichtsfeld verengte sich und erlosch.

## — XXX —

**BIS ZU DEM AUGENBLICK, ALS ICH AUF** dem Boden meines Büros gelegen und den Fleck an der Decke betrachtet hatte, hatte ich mich so gut wie nie mit dem Tod auseinandergesetzt. Ich hatte den Gedanken daran immer verdrängt. Aber als ich so da lag, wehrlos und von unermesslichen Schmerzen gepeinigt, war ich sicher gewesen, dass ich sterben würde.

Aber ich war nicht gestorben. Und dass ich zuhause in meinem Bett lag und nicht in einem Krankenhaus, ließ mich hoffen, dass ich wieder gesund werden würde. Ich hörte Stimmen im Haus, unterließ es aber, auf mich aufmerksam zu machen. Ich war unendlich müde. Und ich dachte: Das ist also der Preis! Das ist der Preis für das, was ich getan habe. Und da ich, wie es aussah, weiterleben würde, fand ich den Preis nicht zu hoch.

Die ersten zwei Wochen nach meinen Zusammenbruch verbrachte ich meist im Bett. Meine Frau wich kaum einmal von meiner Seite, und wenn mich meine Kinder besuchten, verhielten sie sich seltsam befangen. Mein Arzt, ein ehemaliger Schulkamerad und fast ein Freund, kam regelmäßig vorbei. Auf meine Frage, was eigentlich geschehen sei und was mir denn nun fehle, blieb er seltsam vage: »Das Herz«, sagte er, »du hast dein Herz überfordert.«

Und ähnlich vage blieb auch seine Behandlung. Er verschrieb mir viel Ruhe, kräftige Suppen und viel frische Luft, sobald ich in der Lage sei, wieder aus dem Haus zu gehen.

Nach zwei Wochen durfte ich endlich einen kurzen Spaziergang machen; meine Frau hielt meinen Arm, und ich war froh darüber, weil sich meine Beine anfühlten, als wären sie mit Luft gefüllt. Nach wenigen Schritten über den Fleischmarkt und die Postgasse war ich völlig erschöpft. Aber nach und nach wurde es besser, und bald schon konnte ich meine ausgedehnten Spaziergänge wieder aufnehmen. Ich besuchte August, der alles tat, um das Büro auch während meiner Abwesenheit am Laufen zu halten.

Erst jetzt, wo ich wieder gesund wurde, begann ich über den Tod nachzudenken; über den, den ich Holomek gebracht hatte; und über den, der mich eines Tages selbst ereilen würde. Ich war ganz ruhig dabei; die Anspannung der vergangenen Monate, von mir stets geleugnet, schien sich aufgelöst zu haben. Kurz dachte ich daran, meiner

Frau zu erzählen, was ich getan hatte; aber schließlich unterließ ich es. Es entsprach nicht meinem Naturell, etwas preiszugeben; und ich konnte mir immerhin einreden, dass ich sie damit nicht belasten wolle.

Aber wir sprachen über den Tod. Sie gestand, dass es sie furchtbar geängstigt habe, mich so daliegen zu sehen. »Was soll ich nur tun?«, habe sie sich immer wieder gefragt. »Was soll ich nur tun, wenn du stirbst?«

An den folgenden Tagen waren wir mehr zusammen als je zuvor, und wir redeten miteinander; und manchmal tauschten wir sogar Gedanken aus, erzählten von unseren Gefühlen und geheimen Ängsten.

Sobald ich mich halbwegs wiederhergestellt fühlte, ging ich ins Büro. Ich las Polizeiprotokolle, diktierte Klagebeantwortungen, bereitete Plädoyers vor. Aber es war nicht mehr wie früher; etwas hatte sich verändert. Durch meine Erkrankung war es mir gelungen, zu unterscheiden zwischen meinen Klienten, zu denen ich stets Abstand gehalten, und ihren juristischen Problemen, die ich viel zu nahe an mich herangelassen hatte. Ich begann, auch hier klare Grenzen zu ziehen. Mauern zu bauen, ist die einzige Strategie, auf die ich mich verstehe. Die Nähe, die sich zwischen Schön und mir entwickelt hatte, würde ich nie wieder zulassen.

Ich gewöhnte mir an, früher nach Hause zu gehen, meine Frau in die Arme zu nehmen, mit meinen Kindern zu spielen und über ihre Schulaufgaben zu sprechen. Wir fassten erst nach und nach Vertrauen zueinander. Meine Kinder scheinen meinen Hang zu Verschlossenheit geerbt zu haben. Aber meine Frau ist hier ein guter Gegenpol. Sie lässt »Heimlichtuerei«, wie sie es nennt, nur bis zu einem gewissen Grad zu.

Meine Frau habe ich noch immer nicht ins Vertrauen gezogen; und ich werde es auch nicht tun. Aber wir sprechen miteinander; mehr denn je. Ich gestehe ihr Dinge ein, die ich noch vor gar nicht so langer Zeit niemals eingestanden hätte.

»Hilf mir!«, sage ich zu meiner Frau, und sie schlingt ihre Arme um mich und flüstert: »Ich halte dich fest. Ganz fest. Es kann dir nichts geschehen.«

Und wirklich: Meine Angst versiegt. Zumindest für den Augenblick. Aber auf mehr darf ich wohl nicht hoffen.

**MEHR ALS AUGENBLICKE HAT DAS LEBEN NICHT.**

## BIOGRAFIE

**OTTO HANS RESSLER,** 1948 in Knittelfeld geboren, lebt als Schriftsteller, Kunstexperte und Auktionator in Wien. Er publizierte 14 Sachbücher, Romane und Künstlerbiografien sowie Beiträge für Anthologien und Literaturzeitschriften. Seit 2014 ist er als geschäftsführender Gesellschafter der Ressler Kunst Auktionen GmbH tätig.

## PUBLIKATIONEN (AUSWAHL)

**SOSHANA** *(Biografie, Wien 2016)*
**LEHERB** *(Künstlerroman, Wien 2016)*
**DER MIKL** *(Künstlerroman, Wien 2015)*
**ZUFLUCHT** *(Roman, Wien 2014)*
**DIE IRREFÜHRUNG** *(Roman, Wien 2014)*

**MEINE** VERLEUMDUNG

**OTTO HANS RESSLER**
**DIE VERLEUMDUNG**

Gefördert von der Kulturabteilung der
Stadt Wien Literatur

Mit freundlicher Unterstützung von

CIP-Titelaufnahme der Deutschen Bibliothek

**Edition Splitter Wien**
Salvatorgasse 10, 1010 Wien
phone +43 1 532 73 72
mobile +43 664 40 30 172
horn@splitter.co.at
www.splitter.co.at
UID ATU10237304

**COVERZEICHNUNG** von Oswald Oberhuber
mit freundlicher Genehmigung des Künstlers
und der Galerie Ernst Hilger

**HERAUSGEBER** Edition Splitter Wien
**GESTALTUNG & SATZ** Lisa Kröll
**SCHRIFT** FF Mark
**PAPIER** Munken Pure 150 g/300 g


Auflage 1000 Ex.
ISBN 978-3-9504404-3-0